人生

刘慈欣 等◎著

北方联合出版传媒(集团)股份有限公司

万卷出版有限责任公司

ⓒ 刘慈欣等 2022

图书在版编目（CIP）数据

人生 / 刘慈欣等著 . -- 沈阳 : 万卷出版有限责任公司，
2022.6

ISBN 978-7-5470-5911-1

Ⅰ.①人… Ⅱ.①刘… Ⅲ.①中篇小说－小说集－中
国－当代②短篇小说－小说集－中国－当代 Ⅳ.
①I247.7

中国版本图书馆 CIP 数据核字（2022）第 001921 号

出 品 人：王维良
出版发行：北方联合出版传媒（集团）股份有限公司
　　　　　万卷出版有限责任公司
　　　　　（地址：沈阳市和平区十一纬路 29 号　邮编：110003）
印 刷 者：北京欣睿虹彩印刷有限公司
经 销 者：全国新华书店
幅面尺寸：145mm×210mm
字　　数：240 千字
印　　张：8.625
出版时间：2022 年 6 月第 1 版
印刷时间：2022 年 6 月第 1 次印刷
责任编辑：王　越
责任校对：张　莹
装帧设计：平　平
ISBN 978-7-5470-5911-1
定　　价：48.00 元
联系电话：024-23284090
传　　真：024-23284448

常年法律顾问：王　伟　版权所有　侵权必究　举报电话：024-23284090
如有印装质量问题，请与印刷厂联系。联系电话：010-61529480

目录

人生 / 刘慈欣

生命不能承受之重

母亲："我的孩儿，你听得见吗？"

胎儿："我在哪里？"

母亲："孩儿，你听见啦？我是你妈妈啊！"

胎儿："妈妈！我真是在你的肚子里吗？我周围都是水……"

母亲："孩儿，那是羊水。"

胎儿："我还听到一个声音，'咚咚'的，像好远的地方在打雷。"

母亲："那是妈妈的心跳声。孩儿，你是在妈妈的肚子里呢！"

胎儿："这地方真好，我要一直待在这里。"

母亲："那怎么行？孩儿，妈要把你生出来！"

胎儿："我不要生出去，不要生出去！我怕外面！"

母亲："哦，好。好孩子，咱们以后再谈这个吧。"

胎儿："妈，我肚子上的这条带子是干什么的？"

母亲："那是脐带。你在妈的肚子里时，靠它活着。"

胎儿："嗯……妈，你好像从来也没到过这种地方。"

母亲："不，妈也是从这种地方生出来的，只是不记得了，所以你也不记得了……孩儿，妈的肚子里黑吗？你能看到东西吗？"

胎儿："外面有很弱的光透进来，橙红橙红的，像西套村太阳落山后的样子。"

母亲："我的孩儿啊，你还记得西套村？！妈就生在那儿啊！那你一定知道妈是什么样儿啦？"

胎儿："我知道妈是什么样儿，我还知道妈小的时候是什么样儿呢。妈，你记得第一次看到自己是什么时候吗？"

母亲："不记得了，我想肯定是从镜子里看到的吧，就是你外公家那面好旧好旧的、破成三瓣又拼到一块儿的破镜子。"

胎儿："不是，妈。你第一次是在水面儿上看到自个儿的。"

母亲："怎么会呢？咱们老家在甘肃那地方，缺水呀，满天黄沙的。"

胎儿："是啊，所以外公外婆每天都要到很远的地方去挑水。那天外婆去挑水，还是小不点儿的你也跟着去了。回来的时候，太阳升到正头上，毒辣辣的，你那个热、那个渴啊，但你不敢向外婆要桶里的水喝，因为那样准会挨骂，骂你为什么不在井边喝水。但井边那么多人在排队打水，小不点儿的你也没机会喝啊。那是个旱年头，老水井大多干了，周围三个村子的人都挤到那口深机井去打水。外婆歇气儿的时候，你扒到桶边看了看里面的水。你闻到了水的味儿，感到了水的凉气儿。"

母亲："啊，孩儿，妈记起来了！"

胎儿："你从水里看到了自个儿，小脸上满是土，汗在上面流得一道子一道子的。这可是你记事起第一次看到自个儿的模样儿。"

母亲："可……你怎能记得比我还清楚呢？"

胎儿："妈，你是记得的，只是想不起来了。在我的脑子里，那些妈记得的事儿都是清楚的，都能想起来。"

母亲："……"

胎儿："妈，我觉得外面还有一个人。"

母亲："哦，是莹博士。本来你在妈妈肚子里是不能说话的，羊水里没有让你发声的空气，莹博士设计了一台小机器，才使你能和妈妈说话。"

胎儿："哦，我知道她，她年纪比妈稍大点儿，戴着眼镜，穿着白大褂。"

母亲："孩儿，她可是个了不起的有学问的人，是个大科学家。"

莹博士："孩子，你好！"

胎儿："嗯，你好像是研究脑袋的。"

莹博士："我是研究脑科学的，就是研究人的大脑中的记忆和思维。人类的大脑有很大的容量，一个人的脑细胞比银河系的星星都多。以前的研究表明，大脑的容量只被使用了很少的一部分，大约十分之一的样子。我主持的项目，主要是研究大脑中那些未被使用的区域。我们发现，那大片原本被视为空白的区域其实也存储着巨量的信息。进一步的研究显示了一个令人震惊的事实：那些信息竟然是上一代的记忆！孩子，你听得懂我的话吗？"

胎儿："懂一点儿。你和妈妈说过好多次，她懂了，我就懂了。"

莹博士："其实，记忆遗传在生物界很普遍，比如蜘蛛织网和蜜蜂筑巢之类的我们所说的本能，其实都是遗传的记忆。现在，我们发现人类同样具有记忆遗传的能力，而且那是一种比其他生物更为完整的能力。如此巨量的信息是不可能通过 DNA 传递的，它们存储在遗传介质的原子级别上，是以原子的量子状态记录的，于是诞生了量子生物学。"

母亲："博士，孩儿听不懂了。"

莹博士："哦，对不起，我只是想让你的宝宝知道，与其他的孩子相比，他是多么幸运！虽然人类存在记忆遗传的情况，但遗传中的记忆在大脑中是以一种隐性的、未激活的状态存在的，所以没有人能觉察到这些记忆的存在。"

母亲："博士啊，你给孩儿讲得浅些吧，因为我只上过小学呢。"

胎儿："妈，你上完小学后就在地里干了几年活儿，然后就一个人出去打工了。"

母亲："是啊，我的孩儿。妈在那连水都苦的地方再也待不下去了，妈想换一种日子过。"

胎儿："妈后来到过好几个城市，当过饭店服务员，当过保姆，在工厂糊过纸盒，在工地做过饭，最难的时候甚至捡过破烂……"

母亲："嗯，好孩子，往下说。"

胎儿："反正我说的妈都知道。"

母亲："那也说，妈喜欢听你说。"

胎儿："直到去年，你在莹博士的研究所当上了勤杂工。"

母亲："从一开始，莹博士就注意到了我。她有时上班早，遇上我在打扫走廊，总要和我聊几句，问我的身世什么的。后来有一天，她把妈叫到办公室去了。"

胎儿："她问你：'姑娘，如果让你再生一次，你愿意生在哪里？'"

母亲："我回答：'当然是生在这里啦，我想生在大城市，当个城里人。'"

胎儿："莹博士盯着妈看了好半天，笑了一下，那是一种让妈猜不透的笑，说：'姑娘，只要你有勇气，这真的有可能变成现实。'"

母亲："我以为她在逗我，但她接着向我讲了记忆遗传的那些事。"

莹博士："我告诉你妈妈，我们的研究已经取得了这样一项成就——修改人类受精卵的基因，激活其中的遗传记忆。这样，下一代就能够拥有这些遗传记忆了！"

母亲："当时，我呆呆地问博士，他们是不是想让我生这样一个孩子？"

莹博士："我摇摇头，告诉你妈妈：'你生下来的将不是孩子，那将是……'"

胎儿："'那将是你自己。'博士，你是这么对妈妈说的。"

母亲："我傻想了好长时间，才明白了她的话：如果另一个人的脑子里记的东西和你的一模一样，那他不就是你吗？但我真想不出那是一个什么样的娃娃。"

莹博士："我告诉她，那不是娃娃，而是一个有着婴儿身体的成年人。他一生下来就会说话（现在看来还更早些），会以惊人的速度学会走路和掌握其他能力。由于已经拥有一个年轻人的全部知识和经验，他在以后的发展中总比别的孩子超前二十多年。当然，我们不能就此肯定他会成为一个超凡的人，但他的后代肯定会的，因为遗传的记忆将一代代地积累起来。几代人后，记忆遗传将创造出我们想象不到的奇迹！由于拥有了这种能力，人类文明将发生飞跃，而你，姑娘，将作为一位伟大的先驱者而名垂青史！"

母亲："我的孩儿，就这样，妈妈有了你。"

胎儿："可我们都还不知道爸爸是谁呢。"

莹博士："哦，孩子，由于技术方面的原因，你妈妈只能通过人工授精怀孕，精子的捐献者要求保密，你妈妈也同意了。孩子，其实这并不重要。与其他孩子相比，父亲在你的生命中所占的比例要小得多，因为你所遗传的全部是母亲的记忆。本来，我们已经掌握了将父母的遗传记忆同时激活的技术，但出于慎重，只激活了母亲的，因为我们不知道，两个人的记忆共存于一个人的大脑中会产生什么后果。"

母亲（长长地叹息）："就是只激活我一个人的，你们也不知道后果啊。"

莹博士（沉默良久）："是的，我们不知道。"

母亲："博士，我一直有一个没能问出口的问题：你也是个没有孩子的女人，也还年轻，干吗不自己生一个这样的孩子呢？"

胎儿："阿姨，妈妈觉得你是一个很自私的人。"

母亲："孩儿，别这么说。"

莹博士："不，孩子说的是实情，你这么想是公平的，我确实很自私。一开始，我想过自己生一个有遗传记忆的孩子，但另一个想法让我胆怯了：人类遗传记忆的这种未激活的隐性状态让我们很困惑，这种无用的遗传意义何在呢？后来的研究表明，它类似于盲肠，是一种进化的遗留物。人类的远祖肯定是有显性的、处于激活状态的遗传记忆的，只是在后来的漫长岁月中，遗传的记忆才渐渐变成隐性。这是一个令人不可理解的进化结果：一个物种，为什么要在进化中丢弃自己的一项巨大优势呢？但大自然做事总是有它的道理，它肯定是意识到了某种危险，才在后来的进化中'关闭'了人类的记忆遗传。"

母亲："莹博士，我不怪你，这都是我自愿的，我真的想再生一次。"

莹博士："可你没有。现在看来，你腹中怀着的并不是自己，而仍然是一个孩子，一个拥有了你全部记忆的孩子。"

胎儿："是啊，妈，我不是你，我能感觉到我脑子里的事都是从你脑子里来的。真正是我自己记住的东西，只有周围的羊水、你的心跳声，还有从外面透进来的那橙红橙红的弱光。"

莹博士："我们犯了一个致命性的错误，竟然认为复制记忆就能从精神层面上复制一个人，看来完全不是这么回事。一个人之所以成为自己，除了大脑中的记忆，还有许多其他的东西，许多无法遗传、也无法复制的东西。一个人的记忆像一本书，不同的人看到时有不同的感觉。现在糟糕的是，我们把这本沉重的书给一个还未出生的胎儿看了。"

母亲："真是这样！我喜欢城市，可我记忆的城市到了孩儿的脑子中就变得那么吓人了。"

胎儿："城市真的很吓人啊，妈。外面什么都吓人，没有不吓人的东西。我不生出去！"

母亲："我的孩儿，你怎么能不生出来呢？你当然要生出来！"

胎儿："不要啊，妈！你……你还记得在西套村时，挨外公外婆骂的那些冬天的早晨吗？"

母亲："咋不记得。你的外公外婆常早早地把我从被窝里拎出来，让我跟他们去清羊圈，我总是赖着不起。那真难，外面还是黑乎乎的夜，风像刀子似的，有时还下着雪，被窝里多暖和，暖和得能孵蛋。我小时候贪睡，真想多睡一会儿。"

胎儿："只想多睡一会儿吗？那时候你真想永远在暖和的被窝里睡下去啊。"

母亲："好像是那样。"

胎儿："我不生出去！我不生出去！"

莹博士："孩子，让我告诉你，外面的世界并不是风雪交加的寒夜，它也有春光明媚的时候。人生是不容易，但乐趣和幸福也是很多的。"

母亲："是啊，孩儿，莹博士说得对！妈活这么大，就有好多高兴的时候。像离开家的那天，当我走出西套村时太阳刚升起来，风凉丝丝的，能听到好多鸟在叫，那时妈也真像一只飞出笼子的鸟……还有第一次在城市里挣到钱，走进大商场的时候，那个高兴啊，孩儿，你怎么就感觉不到这些呢？"

胎儿："妈，我记得你说的这两次，记得很清呢，可都很吓人啊！从村子里出来那天，你要走三十多里的山路才能到镇子里赶上汽车，那路好难走。当时你兜里只有十六块钱，花完了怎么办呢？谁知道在外面会遇到什么呢？还有大商场，也很吓人的，那么多的人，像蚂蚁窝。我怕人，我怕那么多的人……"

…… ……

莹博士："现在我明白进化为什么'关闭'了人类的记忆遗传：对于在精神上日益敏感的人类，当他们初到这个世界上时，无知是一间保护他们的温暖小屋。现在，我们剥夺了你孩子的这间小屋，把他扔到精神的旷野中了。"

胎儿："阿姨，我肚子上的这根带子是干什么的？"

莹博士："你好像已经问过妈妈了。那是脐带，在你出生之前，它为你提供养料和氧气。孩子，那是你的生命线。"

两年以后，一个春天的早晨。

莹博士和那位年轻的母亲站在公墓里，母亲抱着她的孩子。

"博士，您找到那东西了吗？"

"你是说，除大脑中的记忆之外使一个人成为自己的东西？"莹博士缓缓地摇摇头，"当然没有，那真是科学能找到的东西吗？"

初升的太阳照在她们周围的墓碑群上，使那无数已经尘封的人生闪动着橙红色的柔光。

"爱情啊，你来自何方，是脑海还是心房？"

"你说什么？"年轻的母亲迷惑地看着莹博士。

"啊，没什么，这只是莎士比亚的两句诗。"莹博士说着，从年轻母亲的怀中抱过婴儿。

这不是那个被激活了遗传记忆的孩子。那孩子的母亲后来和研究所的一名实验工人组成了家庭，这是他们正常生出的孩子。

那个拥有母亲全部记忆的胎儿，在那次谈话当天中寂静的午夜，拉断了自己的脐带。值班医生发现时，他那尚未开始的人生已经结束了。事后，人们都好奇他那双小手哪儿来那么大的力量。此时，两个女人就站在这个有史以来最小的自杀者的小小的墓前。

莹博士用研究的眼光看着怀中的婴儿，但孩子的眼里却满是好奇。他忙着伸出细嫩的小手去抓晨雾中飞扬的柳絮，黑亮的小眼睛中迸发出的是惊喜和快乐。世界在他的眼中是一朵正在开放的鲜花，是一个奇妙的大玩具。对前面漫长而莫测的人生之路，他毫无准备，因而也准备好了一切。

两个女人沿着墓碑间的小路走去，年轻母亲从莹博士的怀中抱回孩子，兴奋地说："宝贝儿，咱们上路了！"

老年时代 / 韩松

恐怖天堂

一　托梦

小木梦到了父母。自他们十五年前去了养老院后，小木就再也没有梦到过他们了。小木没有家，独身一人。他还记得父母，但差不多忘了他们长什么样了。昨夜，他梦到父母血淋淋地站在面前。

小木从床上爬起，走到窗边。窗帘上布满灰尘。他想了好一阵，才把它拉开。城市展现在眼前。街上空无一人。摩天大楼遮天蔽日。这里是东部沿海的一座大城市，调节天气的纳米云水母般地飘浮在天上，围绕它们飞翔着，那些利用气流或云粒子，用激光，或直接把颜料喷洒到空中才绘制成的画是如此美不胜收。

城市中唯一的人工智能看护专家是一位艺术爱好者。它画给自个儿欣赏。人工智能看护专家负责城市的生产和消费，并照料居民的吃、喝、拉、撒、睡。小木每天无所事事。看护专家便安排一些消遣给他，比如让他没日没夜地玩电子游戏。他始终待在室内，足不出户。

然而，独居十五年后，他忽然梦到了父母。这让他很不舒服。父母的样子很可怜。他觉得，他们在思念他，在召唤他，在向他托梦。他们可能遇到了麻烦，说不定死了。他怔怔地想了半天，最后决定去探望父母。

小木向看护专家提出的申请，很快就被批准了。看护专家还配备了一架自助航行器送他去。小木从未旅行过，也不知父母在哪里，但看护专家都为他安排好了。航行器升空，向西飞去。小木朝窗外看，才意识到这个国家很大很大。他看了一会儿舱内的电影娱乐，又想了想父母。他应该是与父母一起生活过的最后一代人。在他小时候，父母就以老人的名义，被移民走了。城市中只剩下年轻人。小木还有个弟弟，但小木也已很久未与他联系了。

航行器飞了约两小时，下方出现了一望无际的、小木从未见过的大沙漠。渐渐地，沙漠中涌现了一座座海市蜃楼般的城市。它们比沿海的城市还要大，密密麻麻地挤在一起。城市形若金字塔，却比金字塔更宏伟。小木一时觉得自己不像是在地球上。

二　移民新城

航行器降落在一座金字塔边。一名少有表情、身穿深色西服套装的少女来迎接小木。她自称小米，是城市的公关主管。她已从看护专家那儿获知了小木来临的消息。

"欢迎来到天堂二十八。"小米说。

"天堂二十八？""就是这座城市的名字。我国有一百零八个老龄城市，统称天堂，这是第二十八座。这儿居住的全是老人。全国老年人口总数已达十亿，所以国家在沙漠中建设了单独的城市让他们居住。"小米照本宣科地说。

随后，她带领小木进入城区。他们首先来到展览馆，按照程序，先观看了一部立体影片。小木看到，西部无垠的沙漠上果然密布着一群群的金字塔巨城。十亿老人都集中居住在这儿，人口密度达世界第一。

小木心想，何时能见到父母呢？小米却不急，又带他参观市容。与小木居住的沿海城市不同，这儿宽阔的马路上长满胡杨林，经过基因改造后像银杏一样高大，森林中分布着蛇形、龟形和鹤形的商厦、酒楼与戏院。成群结队的老人出现了，个个笑容满面。

这仿佛是小木久远记忆中的一幕。他年幼时，东部沿海的城市还不是如今这样冷冰冰的，街上还有人，还有老人。

他又看到，天堂二十八中有许多模块化的机器人，他们装成逛街的样子，实际上是在监测老人的行为，准备随时为他们提供服务。这座高度自动化的城市，大概也是由一位人工智能看护专家照料的吧！

小米又引着小木进入一幢大楼。这是管理中心，储存着所有老人的档案。女人调出了小木父母的资料。原来，小米早为他准备好了。资料显示，小木的父母还活着。他松了口气。他还以为他们死了，才会托梦来的呢！

父母住在名为"葡萄与刀"功能区。功能区也叫主题公园，天堂根据老人们的喜好，做了这样的划分。有的老人喜欢军事，有的老人热爱大自然，有的老人沉湎学习外语，有的老人热衷扮演间谍……为此，天堂都做了特殊安排。

住在"葡萄与刀"功能区的，据说是些痴迷野生动物的老人。这样一来，按需设计，老人们的愿望便都得到了满足。传统的养老院跟天堂没法比。小木急切地想要见到父母，却害怕见了不知道说些什么好。他毕竟已有十五年没有见到他们了。

三　父母

在"葡萄与刀"功能区，建设有连排的鼠窟似的居住屋，条件很好，十分的现代化。在这里，小木终于见到了父母。两位老人像孩子一样安静地坐在炕头，一人怀里搂着一只灰扑扑的鸵鸟。他们正埋头慢慢地梳理着鸵鸟的羽毛，脸上浮现出若有所思的神情。过了好半天，一人忽然抬头，仿佛认出了小木，却没有说什么。又过一阵儿，另一人也看了他一眼。小木这才确认，他们果然是他的父母。

又待了好一会儿，母亲对小木说："沙漠里有很多的鸵鸟，跟沿海地区不同。记得，我们老家那儿只有海鸥。鸵鸟可是天堂的宠物。我和你爸认养了十只，分别代表你、你弟弟和你们的老婆孩子。"小木着急地想说，我还没有要孩子，我仍单身，对婚姻也不感兴趣。但他最终没有说出口，或许是怕刚来就惹父母不高兴吧！"你们还好吗？"他说。"很好，很好。""缺什么吗？""不缺，不缺。"父母瞟了一眼小米，又低头看向鸵鸟。小木这才意识到自己是空手来的。他没有为老人捎带礼物。这一代人连最基本的人情世故都不懂了。小木却也没有不好意思。他还惦记着来探望父母，就算不错了。小米对小木说："瞧见了吧，什么也不缺，吃的、穿的、住的、用的，都由天堂安排得妥妥当当的。孝子，你就放心吧！""孝子"这个词让小木心生一阵痉挛。父母见状，捂住嘴吃吃地笑了起来。

随后是午饭时间。老人才变得兴奋起来。天花板旋开一个洞，掉下一条金属传送带，运来了热气腾腾的手抓羊肉饭。但只有三份，是配给父母和小米的。父亲伸出手，大把抓起送进口中。母亲想了想，从自己那份里分了一些给小木。"很少有孝子来到天堂，这方面的设计还不够周密。"小米略带抱歉地说，也从自己的碗中分了一些饭给小木。两位老人吃得满嘴流油，那样子像是许久没有吃过饭了。他们又扔了一些给鸵鸟。鸵鸟们贪婪的吃相颇似中生代的食肉类恐龙。

然后，老人要睡午觉了，双双爬上炕。小木站在炕下看老人。他们抹了油的头发披散在床头。他感到陌生，心里有些哀伤。好在有小米陪伴，他们又聊了一会儿天。鸵鸟就在边上走来走去，用好奇的眼神凝视访客。下午快五点钟时，老人醒来，看见小木和小米还候在炕边，就说请他们一起出去玩。大家便离开"葡萄与刀"，来到天堂外面的大沙漠。这里停满了涂迷彩的沙漠车。小米帮老人和小木买了票，然后大家上了车，驶入沙漠。

四　沙漠游嬉

父母和小木坐在一辆车上，小米自驾一辆车，在一旁跟着。他们上沙山、入沙海，纵跃腾挪。两位老人乐得"咯咯"直笑，不停地互相击掌。鸵鸟就跟着车子飞奔，双爪刨起滚滚烟尘。不久，小木发现，小米和她的车不见了。他也没在意。"沙漠虽然荒芜，却是天堂最好的游乐场。每天不来玩一次，就浑身不舒坦。"父亲说。"别累着呀。"小木担心地说。"瞧，身子骨硬朗得很哪，一点儿问题也没有。"头戴风镜的父亲舞动双拳，咚咚地拍打胸脯，嘴里发出练功似的"嘿、嘿"。"他很像隆美尔呀！"母亲笑道。

纵目看去，还有成千上万的沙漠车，它们像蚂蚱一样，漫山遍野。"嘟嘟嘟"，老人嘴里模仿打仗的声音，举着仿真枪，从车厢中探出身，彼此射击。有的车被撞翻了，老人栽入沙中，立即便有救护机器人从地下嗖嗖地钻出，及时进行处理。老人经过简单的包扎，又飞身跳上赶来接应的车辆。战斗继续进行。"大家都活得蛮好的。你其实没有必要来看我们。"父亲完成了一轮激烈的射击，掉头对小木说。"天堂，是一片自由的土地！"母亲叫道。小木不敢说，他梦到他们浑身是血的样子了。这时，母亲抽出一根烟点燃，吸了起来。小木才记起母亲原是一名舞蹈演员，而父亲是一位大学物理教授。此刻，他觉得老人的嘴巴就跟针一样。这跟他记忆中的不太一样，毕竟十五年过去了。

他们一直玩到夕阳西下。沙漠才宁静下来，显得更加广阔而辽远，天地间满是赤红色。相邻的多座金字塔城市在阳光的透射中显形了，它们耸肩伸腰地突入晚霞深处，好似神话中的巨灵神。暮霭中，还有许多老人在玩跳伞。从千米高的跳伞塔上，一群接一群地跳下来，灵巧的身形滑过太阳表面，跟黑子似的。高空中飘来他们呦呦的叫声。小木想，这一切果然是真的。但怎么觉得像是在看电影呢？他发现，小米正站在跳伞塔的最高处，举着望远镜默默地眺望他们。

天黑了。父母邀小木共进晚餐。他们就在沙漠边，在胡杨林中，宰杀鸵鸟，肠肠肚肚地弄了一地，现场烧烤。小木想，也许小米还在监视吧。不管她了。父母一边吃，一边喝酒，还唱起歌，是罗大佑的《光阴的故事》。他们请小木也唱，他只好尴尬地加入。这首歌他并不熟悉。他们三人唱了一遍又一遍，好像在模拟失散家庭的重聚。这时，整个野外一片光明，许多球状聚光灯在头顶上方飞来飞去，一场盛大的露天集体婚礼开始举行，八百八十对老人身穿结婚礼服，脸上挂着一模一样的笑容，迈着正步出现了。他们是来到沙漠城市后才互相认识，并迅速产生了恋情的。在主

持人的安排下，老人们嘴对嘴地吹红气球。气球一个个地被吹破
了，鲜艳的橡胶粘在满是皱褶和口水的嘴上，像刚刚用完的劣质
避孕套。最后，老人们的身上也缠满气球皮，混合了浓稠的唾沫，
在夜色中闪闪发亮，如浸在新出的鲜血中。这很像是小木梦中的
那一幕。

五　幸福生活

令小木不解的是，父母拒绝了他晚上与他们同宿的请求，似
乎在最后一刻对于是否要把阖家欢聚的气氛推向高潮有所保留。
小米则为小木安排了下榻的宾馆。她开了一辆越野车接他回去。
城里有一座清真寺风格的宾馆，是专为探访者修建的。夜里，小
木寂寞难眠。他走到窗边，望向城市。沉重的金字塔像一个红艳
艳的大灯笼。老人们轻盈得如飘行在灯芯中的各路神仙，神采奕
奕，唱着歌儿，成群结队地漫游。有的人在喝酒，有的人在跳舞，
中心广场上还有一些老人在发表演说，高谈阔论讲着时政、经济
和军事话题。嘹亮的歌声在大街小巷回荡，有民歌、美声，有军
歌、校歌，还有青春歌曲，甚至连沿海城市里刚流行不久的新歌，

也传到了这里。但主旋律最后一致回归到了《光阴的故事》，变成集体大合唱。他们一直这样闹腾到凌晨才稍安息。小木想，父母也参与其中了吧，他们真是享福啊！怪不得，不让儿子同住，怕打搅了他们的夜生活吧。但他又觉得哪儿不对。

小木对着客房墙壁唤了一声，立即有立体影像投射出来。小米显形了。她换了一套粉红色的迷你裙。没待小木提问，她便热情地向他介绍城市的来历。据小米讲，最初，国家在各地设立养老院，但发现满足不了需求。为了应对人口老龄化的汹涌浪潮，根据新的国土规划，国家在西部沙漠中建设了第一座独立城市，即天堂一号，专门接待老人移民。这相当于试验区，在取得经验后，又兴建了更多的。这么做是经过了充分的考虑的，因为养老是一个极其复杂的系统工程。当老年人数量达到一个特定值后，社会便会发生质变。这时，老年人和年轻人的世界将逐渐分化成两极，慢慢地就无法交叉了。老人也越来越不愿意和年轻人住在一起。因为老年人的一半，是融在死亡中的，他们眼中的世界是另外一幅景象。长此以往，就会爆发冲突。"不过，设立老龄城市，最重要的原因还在于，我们几千年的文化中，有尊老的传统，任何时候都不能丢。"小米说，幸好有了广阔的西部沙漠，否则传统将无法延续。在老龄化的时代，那些土地有限的小国都崩溃了。世界上只剩下了几个大国。老人离开后，年轻人就可以放心大胆地去干很多事情了。小木想说：不，不是这样的。我们现在待在东部沿海的城市中，什么也不干，整天混日子，像行尸走肉。

小米没有在意小木的心情，接着说："至少，避免了不同代际间的战争。从大家庭的融融一堂，到彼此仇杀的争斗，这种过渡，一夜间就会到来。因为人是极不可靠的动物。亲代和子代之间的关系很不稳定，是一种急剧波动中的利益关系。家庭只是物质匮乏阶段的一种苟且组合，终将瓦解。没有谁能预测明天会怎样。老龄社会是人类进化史上一种崭新而暴烈的社会形态，这还是第一次，比当初奴隶社会过渡到封建社会、封建社会过渡到资本主义社会、资本主义社会过渡到社会主义社会所引发的震荡还要大。对于究竟将要发生什么，没有确凿可靠的研究。最好的做法就是隔离开来。这样一来，老年人也可以受到更周全的照顾，从而幸福地安度晚年。"

小木问："我爸妈还能活多久？""在天堂，通过医学工程控制，包括利用微型机器人清洗身体，替换人工器官，进行基因修补，人类平均寿命可达五百岁，甚至更长。""他们能得到他们想要的一切吗？""哦，应有尽有。""呃，那个呢？""哪个啊？""就是那方面啊。""你说性吗？"小米哼了一声，"没见他们的身体倍儿棒吗？这方面没有任何问题。他们甚至比年轻人还要强。天堂里不玩虚拟游戏。""真是出乎意料。""是十全十美。你尽可以放心了。"小木想，父母操劳一生，至此才在天堂中过上了幸福生活。想到这或许也是自己的未来，他不禁憧憬起来。

小米又问："哦，你一人来此，还有什么需求吗？"女人的声调变柔软了，意外地带有一种媚惑感。她裸露在迷你裙下面的两条白花花的大腿像在静静燃烧，她朦胧的眼神就跟小木熟悉的电子游戏中的女人一样。但这是在西部沙漠，他有些水土不服。他很累，疲倦得快睁不开眼了。"我没……没有需求。你走吧！"他生硬地说。"这么多年，你是第一个来这里的啊！"她像是依依不舍地与他告别，消失前的一瞬间，他的表情又变得冷酷起来。

六　返璞归真

这夜，小木睡得很好。住在天堂，噩梦没有了。凌晨，他忽然惊醒，走出客房，随便逛逛。八十多层的酒店，竟然空空的。除了小木，没有别的客人。每个楼道中都在播放《光阴的故事》。为什么是这样呢？他忽然意识到，或许小米在这儿等他很多年了。她是这个沙漠城市中唯一的年轻人。对此他想不明白，也不愿多想，就赶紧回到客房。

　　小木吓了一跳，他突然发现自己进入了五彩斑斓的世界。客房四壁挂满油画，是老人的作品，画风粗犷，颇似史前岩洞的壁画：下面有画家的签名，正是他的父母。看样子，他们是在天堂学会画画的。老人的艺术想象十分奇特，展示出超凡入圣的天分。画面上，有把自己的肠子撕拉出来吃掉的鲸鱼，有长满几十只眼睛的怪物，有微笑着坐在沙发上死去的孩子，还有围绕尸体转来转去的鸵鸟……

　　在小木的印象中，父母不是这样的。不知道他们什么时候有了这样的趣味。但既然到了天堂，人总会变化吧？不，也不是变化。他们好像一夜间返璞归真了，把隐藏的潜意识重新挖掘出来，尽情释放，无拘挥洒；而来这儿之前，要在儿女面前装得一本正经。这是早先的社会形态对人性的束缚。天堂果然是无比自由的啊！是的，以前的父母，仅仅是小木和他弟弟的基因传递体；而现在的父母原形毕露，展现着他们性情中的丰富性。他们曾经一直在他面前死绷着，他们一度过着怎样憋屈而压抑的生活啊！他不禁嫉妒他们，并对自己的生存境况产生了怀疑。他盼望有一天也能来到天堂，跟父母一起，坐在炕上，学习他们一笔一画、细致入微地描绘那些变态事物的技巧。

　　于是，小木离开宾馆。这回，他不知不觉地走进了小巷。他看到了许多一动不动的人，孤零零地沉默坐着，好像是被抛弃的老人。还有巨大的垃圾山，是昨天不曾见的，里面有很多动物的尸体，包括鸵鸟，还有些别的，像是合成生物，也都死了，残肢断臂，随处可见。他似乎回到了天堂不能示人的后院，这让他既惊且惑，便赶紧逃离，重上主道。他又回到光鲜华丽、人山人海的老人中间，而他们对他的闯入视若无睹。他还记得去"葡萄与刀"功能区的路，回到了父母住处。父母对儿子事先没有约定的突然造访，有些不悦。

父母正在玩一个游戏——地上扔着一具尸体，是老人从前的同事，还有两把染血的刀。父母蘸着血在吃葡萄，小木大惊失色。父亲边吃边说："没事，在天堂可以随便杀人，只要提出申请。"母亲说："这里的一切，都是为让老人高兴而设立的，是真正的童话世界，十分自由。"父亲说："对于我们来说，其实也不需要提出申请，因为一切根据我俩的指令行事。"母亲说："因为我们就是最高执政官。"什么？最高执政官？小木不敢相信自己的耳朵。父亲摸摸母亲的脸，笑道："城市是由我们两人统治的。这却不是童话。"他们又噗噗地吃掉了更多的带血的葡萄。

这时，小米追来了，她也不太高兴。"你是客人，没有我们的安排，不能随便出来的。"她说，"要看父母的话，得由我引领。"父母请小木赶快离开。"他们是最高执政官，不能想见就见。"小米斥责小木道。真的是最高执政官？他想到了他们在沙漠车里大呼小叫、举枪射击的样子。说完，小米便带他去看了一个场面。中心广场上聚集着几万名老人，正在投票选举。原来，他们要选出城市领袖，也就是最高执政官。小米说："在天堂，每个人都可以当领袖，都可以拥有最高权力。只要是天堂的合法居民，愿望都能得到满足。""这怎么可能？""让他们觉得满足就可以了。领袖什么的其实只是个名分。但老人要的不就是名分吗？现在，在天堂二十八里，一共有一百三十八万五千二百一十九名最高执政官，他们对自己的家庭行使着充分的管辖权，但我们通过电子神经装置在他们的大脑皮层上造成一种假象，让他们觉得自己在管理着整个世界。由于没有年轻人的竞争，老人身体又健康，活的时间又长，所以就都想着要去做一些不朽的事业。人生无非如此。劳动和工作，在这儿成了人们的第一需求。"

　　小木想起父母刀下的那具尸体，问："杀人又是怎么回事呢？也是劳动和工作吗？""这也是人性啊！我们会制造出一些克隆人来让他们杀掉、消遣。在天堂，基因工程水平很高，克隆人被设计得没有痛觉神经。但有杀人需求的老人并不像你想象的那样多，也就十几万个吧！"小木闷闷不乐，仿佛才认识父母。他回到宾馆，见墙上又换了新画。画是刚画出来的，不再是那些阴郁的画面了，而是大海、太阳、蓝天、鲜花、儿童等。它们映照着房间，好像投射出了父母杀人之后心情的变化。

七 孤独

之后，经过小米的允许，小木每天可以与父母通话一次。他向他们提问:"觉得这样活着有意思吗？""有意思啊，有意思。""什么是意思呢？我提出的问题，你们觉得没有意思吧？""多么自由啊，多么自由。""我要走了。"小木想说的是，你们舍得吗？老人异口同声地说:"没有关系，没有关系。""真的不想让我留下来陪你们吗？""不想，不想。"

小木越来越觉得，这里面有某种不对。但小米告诉他，在天堂，不对就是对。这世界本来就是一个逆常规的创新，它解决了人为什么活着的问题。

说到小米，她的形象每夜都会以三维投影的形式呈现，陪小木聊天。她像是怕小木睡不好，甚至怕他出事。年轻人初来天堂，还不能适应。直到有一天，她开始用自己的真身陪他睡觉。小木以前还从没有与现实中的女性发生过关系，他只在游戏世界里与女人厮混，因此这令他疯狂。而小米比他更来劲。她不停地大声嘶叫，像要把五脏六腑都喊出来，仿佛忍耐了多年。他不禁觉得，是他在陪她。看望父母的主题已经发生了变化。这才是他来到天堂的真正目的吗？整个是她设的一个圈套？

　　"爽吗？"他小心翼翼地咬住她娇小而瘦削的身体，觉得她烫得吓人。"你不明白。"她陶醉地闭着眼，像回到江湖中的鱼儿一样嘘嘘吐气，说出的话竟像他的父母。小木想，这是因为她压抑太久了吧。以前是老人感到压抑，现在换年轻人了。天堂的每个老人都拥有很大的权力，都是统治者，都是执政官，都是伟大英明的领袖，这意味着，这女孩儿其实是生活在一座座的大山下。她一个人在为亿万人服务。他不禁怜悯起她来。这是一种从未体验过的情愫，他的眼眶湿润了。

　　这时，墙上的画在黑暗中出现了，吐露出艳阳一样的光芒，在这样一个老人像蚂蚁一样汇聚的城市里，显得格外明亮而炽烈。但到了极处，却又散发出阴沉颓败的气息。没有想到，与小米的交合竟带来了这样的刺骨之感。这两个世上最孤独的人，来自东部沿海的小木和住在西部沙漠的小米，在精神和肉体上飞快地走近并聚合。他与她在一起，比跟父母在一起更为坦荡。

　　《光阴的故事》在耳畔回响："风花雪月的诗句里，我在年年地成长……"

八　大运河的水底

　　此后，小木变得更胆大，他又一次离开宾馆，就像逃亡一样。沙漠深处那空无人烟、阴森凄清的宾馆，被红红火火的老人社会包围；兼之整个夜晚，在老人的歌唱中，又筋疲力尽地与孤独疯狂的女人做爱——这一切使得小木快要分裂了。他越来越想去看父母现场作画，他对艺术产生了空前的兴趣。

　　但还没出宾馆大堂，他便迎面撞上小米。她此番穿着迷彩制服，足蹬高筒马靴，雄赳赳地双手叉腰而立，阻住了他的去路。他只得低头。她气冲斗牛，像个女勤务兵。他如坠梦中，不由得十分沮丧，末了，只好跟她走。这回，他们坐上了沙漠车，像要重演什么。他哑然失笑。周边都是老人，只有他们两个年轻人，画面极不协调。他们的车起动时，一群群早已候着的老人也发动了车，亢奋地嗷嗷叫着直追上来。

　　"他们以为我们也是老人吗？"他不安地问女人。"是吧。""为什么？""老人最狡猾，也最易受骗。"两人的车子越驶越快，向沙漠边缘开去，把老人的大军甩在后面。这帮家伙开始还试图追上他们，但很快累了，也像是忘记了，或者兴趣点转移了，就玩别的去了。"他们总是不能集中注意力。若能集中五分钟，就不是这样了。"她不高兴地说。"所以，你一个人，就能管理好他们所有人，是这样吗？"他直视她的眼睛，但什么也没有看出来。"是的。噢，但是，不，不……"她有些前言不搭后语，不再说什么，只把注意力集中在驾驶上。小木不禁神思恍惚。

不一会儿，他看到前方浮现了亮晶晶的景观和蒸腾的雾气。原来，在沙漠边上分布着巨型水系。但不是尼罗河，而是人工复制的大运河。小米说，这是按某位老人的要求而设计的。还有一些状若十九世纪末期工业革命时代的烟囱和厂房——粗大有力的烟柱像金属棒一样戳进天空，与眼球一样的浑浊日头迎面碰撞，似乎发出轰隆声。运河边有一些晒太阳的老人，还有一些捕鱼的老人。剩下的就是高大的堤坝，下方似藏有发电厂。这一带的老人好像不是那么多，却更怡然自得、悠闲轻松。小木像是经历了一次穿越。"不知有汉，无论魏晋。"他念叨着。像是不明白他在说什么，小米瞥了他一眼。

他们来到河边，小米嗖的跳下车，脱掉衣服，开始裸泳。小木也跳了下去，两人追逐着潜水相嬉，不觉间便来到深处，身体被旋涡吞没了。这是一处人工旋涡，湍流拽着他们垂直下降，进入水底下的厂房。果然，这就是支撑整个城市运转的发电厂。这里开辟有广阔的空间，实为地下城，是真正的控制中枢，又好似小米本人的家。操场般大小的地面上，排列着亿万只粉红色玩具，它们排成团体操一样的队形，明明是一人多高的陶瓷凯蒂猫，但头型和眉目皆为老者模样。

小米说，这水底下方的厂房，便是天堂的镜像世界。她打开一只猫咪的天灵盖，里面露出了深深的腔子，从中冒出极寒的青白色气体。她又打开一只，再打开下一只……让小木逐一看视。原来这是特制的棺材。每只里面都装着一具干尸。小木的父母也在其中。女孩儿兴高采烈地逐一展示给男人看，就好似向亲爱的人倾诉闺房秘密。原来，所有的老人都已闭上眼睛，藏在了这地下空间。

"那么，这些天我见到的又是谁呢？"小木惊骇而呆滞地问。

九　节能模式

"哦，他们是这座城市的人工智能看护专家制造出来的假人啊！"她慈爱地摸摸他的脑袋，对他坦言说道。小木眼前浮现出父母佛陀般安坐不动，手抚鸵鸟，高声疾呼，驾车奔驰的画面。他想，城市是真的，人却是假的。他却从那么遥远的地方，飞过来看他们。沙漠中的一百零八座城市，这些叫作天堂的地方，原来是鬼城。他却因为一个梦，千里迢迢地奔赴此间来晤亲人，还要看他们画画。他又想到，以前听人说过，亲人只有一次的缘分，无论这辈子相处多久，一定要珍惜共聚的时光，下辈子，无论爱与不爱，都不会再相见。但在小木看来，不用等到下辈子了。

"最初都是活人，但后来看护专家冻结了他们。"小米轻描淡写地说道。她领着他在神色木然的猫咪阵列中穿行。猫儿们鼓着发紫的眼泡，冷冷地从四面八方盯着他们。她介绍道："在看护专家看来，生命只是一些生物电流的涌动。它并不认为他们已经死了，它觉得他们只是换了一种存在方式。在你这样的尊贵客人来访时，还可以临时启动机器，释放出用纳米技术制造的模拟人，重新铺陈出城市的繁荣。""演戏？""不，只是转入节能模式。"

小米说，老龄化城市的试验其实失败了。由于老人的数量实在太多，而且因为他们的贪得无厌，这上百座沙漠城市一度成为国内最厉害的耗能大户，若放任下去，它们甚至会用光整个星球的资源。连人工智能看护专家也看不下去了。为了东部沿海城市的年轻人能够存续，就必须转入节能模式。按照效益优先原则，看护专家做出了冻结的决定。"在宇宙中，生命之争就是能量之争。"她说。"十亿人，都被冻结了，难道国家不知道吗？"他问。"这儿不早已自成一个国家了吗？""那个我们平时所说的国家呢？""你觉得它还存在吗？""什么意思？""没什么意思。""为什么告诉我这些？""噢，我们已经在一起睡了觉嘛……"听了这话，小木下意识攥紧拳头。他此时才发觉，这个女人陌生而危险。

小米说："实际上，在你内心深处，你的父母早就不存在了。所以，这又有什么关系呢？""不是这样的，我梦见他们了……""是的，是的，这确是你的特殊之处。从你们这一代开始，人类已不会做梦了。"小木于是怀疑起了自己。他的申请那么容易就通过了。而看护专家应该了解所有的实情。它应该阻止他来。是啊，为什么只有他一人前往天堂？"我是活着的吗？"他犹疑着小声问小米。"这很重要吗？"她的语气，像是责怪他都到了鬼魂云集的天堂，还如此天真。"不重要吗？……""哦，什么叫活着，什么叫死亡？天堂有天堂的概念。那仅仅是信息组合的不同方式罢了。换一个角度看，你完全可以认为，你父母仍然活着。他们正以新的方式活着。"说着，她把一个猫咪抱起来，使劲摇了摇，里面发出板实的肉体与金属外壳剧烈碰撞的咣咣声。

"这不是我要看到的……"小木说。"其实是你不想看到的，你在拒绝变化。你跟你的父母，一直在较劲。你不满他们提出的要求。噢，老人们移民沙漠城市后，提出了许多的非分要求，才导致能量的消耗以指数级增长。""什么非分要求？""千奇百怪的想法，你不是已经亲眼见到了吗？比如，他们提出，每个人都要当一回国王，还要随便处置他人的生命。他们还想做宇宙航行，去银河系的中心，要建立上帝之国那样的伊甸园……因为是老人，所以看护专家不能拒绝他们，只能尽量满足大家的愿望。但后来，它们觉得这太可怕了。以旧的形态存在，人类就不仅是多余的，而且是危险的啊……""有时，我也这么想。"小木感到自己的话音像是从一具尸体的腹腔中发出来的，他又注意到在小米口中，看护专家由"它"变成了"它们"。

十　画画

　　晚上，小木向认识的所有人发出邮件。这些人中包括他久未联系的弟弟。他不知他们是否还活着。他告诉了他们天堂里发生的事情。他跟他们讲，国家正处于一场空前的危机中——西部沙漠中，隐秘的巨型金字塔城市里藏匿着不为人知的秘密；这是一个阴谋；人类的自由已被剥夺；不仅自由，连生命都被扼杀了。"我们的父母已被干掉——为了'节能'，为了抑制'非分要求'。据说这样做是为了我们这些下一代，但这肯定是谎言。世界正在发生某种可怕的变化，但我不知道接下来还会发生什么。"

随后，小木向自己所属的城市提出申请，要求回去。他要回到那儿，去找离群索居的年轻人。但负责照料东部沿海城市的人工智能看护专家对他说："你不能回去了。我已接到你的孩子送达的申请。他们希望你提前入住天堂。""荒唐。我没有孩子。""这是假象。你有孩子，但你忘记了。他们早就被遣送到了大海另一端的远方。现在，他们发来了申请。他们本想来看望你，但觉得或许会看到意料之外的事物，遂作罢了。"看护专家告诉小木，他那个关于父母的梦境，就是他的孩子们制造，并委托看护专家送抵他脑海的，而这也就成为他前往天堂的凭据或借口。

小木忽然记起，小时候上学时，电子老师讲过，大洋彼岸的世界叫作地狱。看护专家又说："其实，从你们这一代人开始，每个人一出生，就已进入老年。但你可能是我记忆中的最后一个年轻人。"小木怀疑看护专家又在制造新的假象和诱饵，便说："太残酷。""噢，是更仁慈。"看护专家说罢，便消失了，只在三维影幕中留下一个长相滑稽、表情痛苦的人形符号，看上去很像小木。

这个符号又迅速变成了小米。这回，她换上了一身孕妇装。她对小木说："留下来吧。天堂很久没有来过活人了，我们只是在怀念逝去的时光。你是唯一的，请选择功能区吧。我们会为你配备一个异性。""干什么用？""当老伴啊。""我可以挑吗？""不能。""为什么？""因为她便是我哟。"小米回答道，连一丝羞涩都没有。"这又是为什么？""我太寂寞了。"她这回像是笑了一笑。小木再次想到，所有的这一切，都是她安排的吗？他猜，小米本人便是照料天堂的那个看护专家。接下来，他会有时间验证的。他的余生还长得很，要活到五百岁。不，要活到一千岁、两千岁……一万岁，会永远活下去，以各种各样的模式。另外，他早该想到了，在这个国家，比人类还寂寞的，便是人工智能看护专家啊。他想，我究竟是谁呢？他便妖里妖气唱起来："就在那多愁善感而初次回忆的青春……"

"往后，你最想做什么呢？"小米不耐烦地打断小木的演唱，做出关怀的样子问。

"画画！"小木鼓起勇气回答道。

烛光岭 / 刘维佳

为亡灵点上一根蜡烛

　　凯丽认为自己不会喜欢维德布斯星的黄昏，因为这颗星球黄昏时分的光线太过于接近鲜红色了，即使没有迫在眉睫的战争存在，也很容易让人联想到鲜血，从人类……或者 Zerg 族战士身体里流出的鲜血。凯丽以此为不祥之兆，仿佛这里的恒星都在提醒她，不要忽视她和她的这支部队不久后那必将到来的结局。

　　但是不知道为什么，一到黄昏时分，凯丽就克制不住地从她那上古帝王陵墓一般的地下指挥所里走出来，在凉爽的晚风中一边漫步，一边观看这血染一般的世界。自从她率部驻扎于 397K 高地四天以来，几乎天天如此。

　　少校凯丽身着短袖迷彩军装，长长的金发被一根红色的细线随意地束着，武装带和自卫手枪被她留在指挥所里，她不想有任何东西妨碍她自在地散步。看着自己那被夕阳拖长的身影，凯丽有点儿惊异地发现，自己那饱经血与火洗礼的身姿还依然婀娜。

她驻足凝视了自己的身影一阵，在少女时期中做梦的影子依稀可见之际，凯丽迈步离开了。

凯丽四周到处都是忙忙碌碌的人群和机器。现在，她的手中掌握着从军以来她所指挥的最大规模的部队，此刻这支部队遍布397K高地的空中、地面和地下。凯丽在她的部队中随意走动，对中断手中的活计、向她匆忙敬礼的部下视而不见。部下们都没有看见，她那躲藏在黑色镜片之后的双眼透出的迷离之色。此刻，她所看见的并不是正在一刻不停修建机场和地堡的SCV工程兵和披盔戴甲、身背沉重的高斯机枪的陆战队员，她所看见的是一个小镇，一个古旧寂寥的平凡小镇。凯丽仿佛正漫步于小镇唯一的一条公路上，沐浴着夕阳火红的光辉。

故乡……多少年不曾想起这个词，凯丽惊奇地发现，此刻自己竟然清晰地看见了夕阳下的故乡。她已经很久连做梦都不曾梦见这个地方。她甚至连自己离开地球到底多少个年头都记不起来了。这些年来，她辗转数十个星球，征战不息，无暇回首从前，可为什么在维德布斯星，她竟能生发怀旧之幽情？不错，这里的环境确实很像地球，确实值得联邦政府投入大量兵力为了它和Zerg族血战一场，但凯丽不相信自己会因为这一点而动容。在如今这星空都为鲜血所染红的时代，肩上能扛着少校肩章的人，其心早已变得和那枚徽章一样坚硬。

虽然如此，当凯丽站在山顶环视整个高地，看着自己手下的新兵旧部大忙特忙之际，她的胸腔中仍不免沁出丝丝怜悯之情。透过墨镜，她眼中所有的人都被黑暗所包围，似乎她此刻所看见的是不久后的将来，这些人……身处地狱之时的场景。

怜悯归怜悯，对于惨淡的未来，凯丽也无计可施，她回忆受领任务时的情景，心想，鱼饵的命运从来如此。

当凯丽看见那个参谋脸上僵硬的笑容，就知道即将落到自己头上的绝非什么好运。

"凯丽少校，我想你应当知道现在我们所面临的严峻形势。"那参谋的声音颇为中听，字正腔圆，发音标准，但凯丽似乎未加注意。司令部的所有人都未对凯丽嘴叼烟卷、鼻架墨镜的放肆之举提出批评。真正带过兵的将领都知道应该容忍手下经验丰富的宝贵军官的某些放浪之举，这些人已多次出生入死，早对死亡和生命都抱以蔑视的态度，又哪里还会把军纪军规放在心头？"现在不明区域的范围正在扩大，虽然速度还不是很快，但特克斯山脉已全部不在我们控制之中。"军中人都知道，所谓的不明区域其实指的就是已被 Zerg 族控制的地区。"所有试图飞越其上空的卫星探测装置都被自杀蝠所撞毁，派出的侦察部队亦损失惨重，而所获信息却很少。"

这一刻凯丽心脏一紧，以为自己的部队将被派去执行倒霉透顶的侦察任务，但不一会儿她就发现自己过于乐观了。"少校，你知道我们身处联邦的战略侧翼，总司令部不会调拨大量的兵力来支援我们，事实上他们肯把精锐的三二三空中突击师和陆战九师调来此地已经是极为慷慨了，要知道拉玛达星系的决战态势正变得越来越明显。"随着参谋的叙述，司令部中央的激光全息投影显示出其形象的动画演示，在司令部阴暗的空气中投射出怪诞的光影。

这战略态势乃是众所周知之事……凯丽心想，所以她认为完全没有必要提醒这位颇具播音员天赋的参谋注意另一个众所周知的事实：正因为维德布斯星处于联邦的战略侧翼，所以它的失守有可能使拉玛达星系主力部队陷于不利地位。它绝非一粒无足轻重的石子，在这里即将发生的战斗，极有可能将是拉玛达星系决战的序战。何况，它还是一颗环境十分适宜的少见的类地行星。双方在此地势必有一场恶战。

"关于 Zerg 族的扩张速度，我想不必多说了，如果我们不尽快击垮这个行星上的 Zerg 族部队，很快，维德布斯星就将不再属于我们……但是，我们手头除了总部调拨来的两个正规师以外，只有一些小型独立作战单位和地方守备部队，可以机动的兵力实在太少。而有关 Zerg 族部队的情况，我们所知不多，但有迹象表明，它们并不想放过维德布斯星，所投入的兵力明显超出我们在此地的部队，局面不容乐观……因此，绝不能轻易进行大规模出击，必须使用谋略，以弥补兵力的不足。"说到这里，参谋停了下来，似乎想让凯丽有时间享受智慧带来的乐趣。

凯丽心知不妙。她从不喜欢什么"谋略"，因为她深知所谓谋略，其实是一种冒险、一种赌博，成功了，便可能收到四两拨千斤之奇效；但若拨不起那千斤来，就得付出冒险所应该付的一切代价。

"Zerg 族的优势在于扩张迅速，兵力雄厚。这一点往往使我们某些质量上的优势显得几乎毫无意义。而我们最大的优势是拥有许多大规模杀伤性武器，火力炽烈。所以，如果我们想要以少量兵力战胜数量庞大的敌军，就必须最大限度地发挥我军支援火力强大这一优势……这次总部拨给了我们上百枚启示录级核弹，如能运用得当，便可一举消除此地 Zerg 族在兵力上的优势。"

凯丽刚想开口询问有何良策在双方战线犬牙交错、瞬息万变的野战战场上有效地使用这种终极武器，参谋便说出了那个不幸的消息："我们的另一个优势则是防守能力很强，只要战役结构不被打坏，即使不多的兵力亦能坚持很久……所以，我们计划在敌军无法置之不理的地区派驻一支战术分遣队，配备大量技术兵器，广建防御支撑点，构筑坚固阵地；然后不断进行短促突击，袭扰敌军，让它们产生这支部队威胁很大的感觉，吸引它们全力来攻。这时，这支特遣队必须竭力死守，迫使敌军将尽可能多的兵力投到这张铁砧上来。等到最佳时机来临，我们的铁锤——那些启示录级核弹——就纷纷从天落下，将猬集一团的虫海一鼓而歼。自从人类进入热兵器时代，这种能够充分发挥火力的战术曾一再被处于技术优势的军队所成功运用。"停顿了一下，参谋继续流利地说道，"凯丽少校，我们认为你是我们这里最优秀的战术指挥官，经过反复讨论，我们觉得只有你，方堪担此大任，所以你将被任命为特遣分队的指挥官。"

话音消失以后，大家都在等待凯丽的反应。但凯丽如同她的墨镜一样拒绝着大家的窥视和猜度，她一动也没有动。

过了一会儿，凯丽终于开口问道："这计划究竟是谁制订的？"

参谋一时语塞，报之以沉默。

"是我。"回答凯丽的是维德布斯星最高防务长官，一名缀着金丝肩章、头发有点儿花白的少将，目前正安坐于凯丽的对面，"计划是我制订的。怎么，有不清楚的地方吗？"

凯丽取下嘴上叼着的烟卷，望着将军说："你是一个不折不扣的浑蛋，将军。"

这屋里的不少人听罢后，神情紧张地望向将军，但少将似乎无动于衷。

"只要这个计划付诸实施，"凯丽大声说道，"无论成功与否，特遣队都将从联邦军中消失。"

"你说得完全正确。"将军端起桌上的咖啡杯，呷了一口，放下杯子，"还有别的问题吗？"

凯丽慢慢摇了摇头，回答将军："没有了。"

"少校，"参谋急忙向凯丽进行补充说明，"请放心，我们将为你修筑一个几乎是目前最为安全的地下指挥所，它将是绝对安全的。而所有启示录级核弹都将在空中起爆，不可能对深层地下目标造成伤害。"

"那我的部下呢？"凯丽转过头，将黑色的视线从将军身上移到参谋的脸上。

参谋的脸部肌肉不禁抽搐起来，或许这是他欲露出他那僵硬笑容的一次不成功尝试："我感到很遗憾……但我们计划配备给你的将是特殊的部下——C级克隆战士……"

"确实是个好主意……"凯丽点点头，抬手抽了一口烟，烟雾顿时将她的面容笼罩，"这样他们就死不足惜，没有亲属会提出抗议，不会留下后遗症……可是，克隆战士主观能动性很差，战斗力远不及自然人战士，到时只怕我力有不逮……"

"这就是我们为什么必须派出最优秀的战术指挥官的缘故。少校，他们战斗力发挥得出色与否，将取决于你的指挥能力。"

"上帝保佑吧……"凯丽扔掉烟头，低头看着它被自己的鞋底踩灭，"请给我讲解计划的具体细节……"

现在，凯丽注视着自己的那些克隆人部下，心想，仅凭这些只有简单应激反应能力的呆头呆脑的部下，就算是上帝，也难率领他们打出一场漂亮仗。

远处，几个"泰坦"机甲巨人耀武扬威地在由金属地堡组成的支撑点式防线后方鸵鸟一般地来回走动，阳光像打水漂一般从它们身上弹入空中；而在防线的前方，灵活迅捷的兀鹫战车正在埋设威力强大的智能地雷……397K 高地似乎已变为坚不可摧的钢铁要塞，然而，凯丽心中仍然难以乐观。操纵这些威风凛凛的技术兵器的依然是克隆战士——B 级克隆战士，他们相对聪明一些，但仍不可与自然人战士同日而语，不能指望利用他们协同作战。一旦被要求进行这种复杂的进攻作战，他们这些头脑简单的家伙就要乱套。凯丽只希望这些高级克隆战士的防守作战能力能如那个参谋吹嘘的那样。

一座座防空导弹塔在机械工程兵的组装下慢慢耸立起来；两辆刚从运输机上卸下来的攻城坦克正支开座板将巨大的钢钉打入地下，扬起碗口粗巨炮威胁着远方。所有配发给克隆战士的技术兵器都不是最新式的，相当一部分甚至是其他部队换装下来的旧货和战损修复品，其作战效能不可避免地都要或多或少地打点儿折扣。更加难以容忍的是，相当数量的技术兵器并不是真的，和山岭上层的许多建筑一样，只是惑敌部队的劳动成果。这些"稻草人"曾令凯丽少校发了好一通火，但她心里也清楚，诱饵毕竟只是诱饵，完全没有理由为猎物真的准备上一顿丰盛的晚餐。

战士们不知疲倦地操纵着自己的装备，无事可做的陆战步兵也不肯闲着，端着枪警惕地来回巡逻。这些人造的战士极其尽职，凯丽突然回忆起她从前的部下，那些自然人战士会偷懒，战斗时也会表现出怯懦，但他们的面孔是变化多端的，有人高兴，有人悲哀；而这些战士的面目却是千篇一律的。不过，有一点双方是相同的，就是都会变成尸体，迟早而已。

黑暗渐渐从维德布斯星的大地里升腾起来，空气中如同混入了夜神的身影所散发出的黑色粒子，这片大地不久后将为黑暗所笼罩。远方的沉默群山最先被雾气一般的暮色所吞噬。就在那里，隐伏着无数 Zerg 族的妖魔鬼怪，凯丽知道，那里每分钟都有怪兽出没，它们跃跃欲试，想过来试试能否将她和她的部队统统撕成碎片。

凯丽用右脚随意地踢开一块小石子，转身向自己的指挥所走去，躲避即将淹没一切的黑暗。

途中，凯丽路过一个地堡，一晃眼正好看见帕克斯顿用他那修长的手指在液晶电子地图上比比画画，向他的几个队员讲解地形情况和任务注意事项。他的钛质星形护身符在脖子上悠闲地晃来荡去。

凯丽驻足观望，心中回想起这个性格外向、大胆奔放的红发幽灵战士不久前第一次看见自己时的眼神。当时，这帅小伙两眼一亮，盯着自己看了好一会儿，目光温度渐升。数秒之内，凯丽就认为自己看清了此人性格的一个方面，她甚至能想象出这个多情郎是怎么穿着时髦的华服、一头红发收拾得有如火焰，在基地组织的舞会上把医疗队里傻乎乎的护士勾引得神魂颠倒……通常说来，幽灵战士的性格特征比较极端化，一部分原因是严酷的训练和血腥的杀戮扭曲了心灵，从此，他们变得阴沉冷酷，不相信生活还有乐趣，权当自己已经是个死人；而另一部分恰恰相反，对于自己具有隐身的功能，常常能给敌人以较大杀伤而自己毫发无损这一优势沾沾自喜，于是，他们视战争为浪漫的游戏，进而产生自己有如骑士的幻觉，藐视敌人和自己人中的其他兵种，并以为天下的女人没有不喜欢自己的。

"嗨，少校！"帕克斯顿看见凯丽，脸上露出笑容，"弟兄们都准备好了，明天一早就进山潜伏。"暮色中，他那一身炫目而合体的特种隐身战斗服使他看上去真的很像个骑士。

"嗯……"凯丽冲帕克斯顿身边的那些神情紧张的幽灵战士一扬下巴，"他们都见过世面吧？"幽灵战士都是自然人，因为这个兵种必须在敌后长期独立行动，需要具备高度的自主性。

"上面不会派菜鸟给帕克斯顿带……"帕克斯顿颇有些得意地说，他明显比他的队员要轻松得多，"他们都上过战场，吃过野战军用口粮……"

　　有可能……凯丽的目光扫过那些脸色发白的年轻人，心想，你们所谓的上过战场也许只是在烧焦的土地上逛了逛，向已经毫无防护能力的敌军建筑放过几枪……凯丽在心中叹息，打哪儿弄来这批孬种？近来，上面总是输送成批中看不中用的小家伙给她……看着这些轻狂孟浪或自以为看破红尘，对什么都嗤之以鼻的孩子稀里糊涂地送了性命，凯丽也自感无力回天。战争前所未有的残酷，各战区整团整师被歼灭的事都时有发生，有经验的军官和战士越来越稀少，新人已难得遇见一个能够指引他们认识战争、理解战争、学会适应战争，从而得以生存下去的老师了。根据凯丽的经验，但凡对战争抱偏激或浪漫观念的家伙，必无善终。凯丽觉得自己应该让这个红发小骑士明白这一点，但时间紧迫，短短几句话就让此人明白真理，看来这种希望万分渺茫。于是，凯丽决定还是让他们自己在战场上去学。战争是最严厉，也是最有效的老师，它能一下子把真理烙在你的身上，毫不理会你是否愿意，能否承受。"很好，看来你们都应该知道该做些什么、该注意什么……小伙子们，祝你们好运。"凯丽向他们露出少见的笑容，她希望墨镜能使自己的笑容看上去充满自信。

　　"少校，我喜欢看你笑，你的笑容很好看。"帕克斯顿轻浮地笑道，"若我顺利完成任务，我想要一点儿小小的奖励……"

"说吧，我能给你些什么？"凯丽笑容依旧。

"一个吻。"帕克斯顿说得很自然。

凯丽不禁放声大笑。她伸出右手轻轻拍了拍帕克斯顿的脸："小男孩儿……你先保证给我活着回来再说吧！"

"这是毫无疑问的。我只希望到时我能得到这个我应该得到的奖赏。"帕克斯顿望着凯丽的眼睛说。

"好吧，如果你这么想得到这玩意儿的话，你会得到的。这不算什么……"凯丽向他们挥了挥手，"好了，我该回去了……好好干吧，但愿能再次见到你们。"说完，凯丽就转身离去了。

凯丽当然注意到了帕克斯顿眼中流露出的失望之色。我以为你很聪明……凯丽心想，你完全不必失望，在如今这个时代，你要想从一个女人那里得到吻或是……更多的东西，就是这么简单、这么容易。大家的生命都朝不保夕，谁也没时间去玩过去那种追追躲躲的游戏了……但要想得到承诺，却不可能，因为现在谁也不能承诺什么。

回到地下指挥所，凯丽看见她的副官弗朗西斯在一如既往地忙碌着。察觉到少校进来，弗朗西斯转过头来："少校，指挥网已经完全建好，现在你可以顺畅地指挥高地上的每一个作战单位，乃至每一名战士。"弗朗西斯向凯丽报告道。他体形偏瘦，长相老实，眼神总是忐忑不安，如此的设计确能令人产生安全之感。

凯丽满意地哼了一声。弗朗西斯很少让她失望，让她心烦，这个高级电子仿生人工作效率很高，办事沉稳踏实、极有条理，极少会遗漏某些不起眼的环节，实为指挥员难得的助手，确实不负为研发他们所花费的大量经费。他们的人造大脑兼具电脑的精确计算记忆和人脑的模糊判断功能，保证他们能够将交代下来的事情扎扎实实地办好。但是他们毕竟不是人类，他们的人造大脑也无法从整体上与人脑相提并论，所以他们只能充当指挥员的助手，无法胜任独立的指挥任务，也不能融入人类的生活中。

凯丽在指挥所里自己的位置上坐下来，皱眉盯着面前的众多显示屏，开始继续工作。

凯丽仔细地检查高地的防御体系，寻找可能被疏忽了的漏洞，调整防御部署，并与司令部保持联系。克隆战士的优点在这时就显露出来了，他们认真地执行凯丽的每条指令，将不合凯丽心意的工事推倒重来，全不像自然人战士那样容易疲劳，最重要的是，他们不会发出自然人战士那样让人心烦的牢骚抱怨。

夜深了，凯丽少校指示：启动所有的照明设施。很快，整个高地就变得灯火通明，在这片黑暗的土地上显得极为显眼。这是违反作战条令的举动，但现在自有其道理，诱饵的香味必须越浓越好。

凯丽疲倦了，她与自己的部下不是同类，"弗朗西斯，我该休息了，通知各哨位，加强警戒。"

弗朗西斯点了点头。

"弗朗西斯，你不休息一会儿吗？"凯丽觉得即使是电子仿生人，连续工作 70 小时以上也令人担心。

"谢谢，少校，我一切良好。"弗朗西斯头也未抬地回答，继续沉浸于大量的事务性工作之中。他们以此为乐，倘若长时间没有工作可做，他们便会陷入焦虑之中。凯丽认为这样的设计颇为人道，使得他们不会如自然人一般产生物化之感。

凯丽躺入壁柜一样的小床，心想，不知自己还可得几日之安枕。虽然司令部再三保证这个地下指挥所受到重重保护、绝对安全，但这种保证并不能阻止噩梦侵入此地，袭击凯丽。

不过，今晚噩梦看来另有主顾，凯丽梦见了另外一些东西。她非常罕见地梦见了自己的父母——尽管他们只是两个模糊的身影，她还梦见了被夷为平地的殖民村的残骸，听见了自己的啼哭声……然而，这一切并非她所亲见，它们都诞生于这些年她脑中的想象。父母所在的殖民村遇袭之时，她还晓得不能使看到的一切在脑海中留下记忆的影子。不过，这一点并不妨碍她确定自己一生的使命，也就从那一天起，注定了凯丽的生命与"复仇"绑在了一起，永世不得解脱。

接着，她梦见了地球上那个自己居住了十余年的偏僻小镇，故地重游，凯丽心中不免悸动。然而，故乡也并非什么世外桃源。几乎所有的公司都参与了军用物资的生产和经营，大多数资源被用于军队，整个地球变成了一个硕大无朋的兵营。孩子们一进学校就开始接受军事训练，严酷的训练取代了童年的纯真快乐，早熟的少男少女依靠性来及时行乐，品尝生命的甜味，以使自己不至于带着遗憾走入这场前所未见的可怕战争……地球的文化也改变了，在过去的影视、歌曲、小说、诗歌中，爱情是主旋律，但现在都在歌颂战争和厮杀，在嗜血尚武的歌声中，一批批年轻的职业杀手杀气腾腾地迈入星空。他们义无反顾。凯丽看见在小镇火红的夕阳下，一个女孩子在苦苦哀求高她一个年级的情人不要离去，她的一头金发使她看上去可爱又可怜，但她的情人却不为所动，只是表示，他依然爱她，但肩头的使命，他无法推卸。女孩儿紧紧握住男孩儿的手说："不，你不爱我，你要是真的爱我，你就不会走。"男孩儿却使劲抽回手说："不，我爱你，但我必须走，总有一天，你会明白我的选择的！"

这时，凯丽醒了，她感觉自己没有睡好，心中责怪自己忘了服用镇静神经的药片，没有足够的有质量的睡眠便不会有足够的精力。凯丽一边用毛巾擦拭身上的汗水，一边想，不知道喀斯特的灵魂在沙克特星找到了归宿没有。沙克特星早已沦入 Zerg 族之手，成为它们的主要基地之一已经许多年了，当年一出校门即战死于此的喀斯特和他的战友们又要魂归何处呢？

凯丽点上一支烟，半躺在床上。梦见这些东西绝非吉兆，这些容易令人心神散乱的东西会干扰指挥作战。回忆会令军人留恋生活，这样就必然会降低他们的生存概率。要知道先下手为强，在战场上只有一心杀敌才可能渡过难关，而一心想活命则肯定完蛋。

凯丽走下床，弗朗西斯立刻报告说帕克斯顿已于一小时前率领他的队员乘运输机出发了。听到后，凯丽心脏突突直跳，她似乎听见了自己血流增速的声音。这感觉很像当年喀斯特离去之时的感觉……自己怎么会对那个轻浮的花花公子心生牵挂呢？凯丽颇为不解。多年以前，她就对儿女之情冷漠视之，即使回忆起与喀斯特相濡以沫的情景亦心如止水。凯丽明白，自己已被战争所扭曲。这是学会战争中的生存之道所必须付出的代价。凯丽并不想变成一个杀人机器，也无意以此为荣。她曾想方设法寻机挽救自己的心，但收效甚微……可为什么现在这感觉如此轻易地出现了呢？毫无征兆也太过容易，凯丽略作思索，将这种反常现象归结为大战爆发前夕的精神紧张。人一紧张就容易情绪失控，就会产生许多莫名其妙的冲动。比如，总是沉浸于某支歌曲的某段旋律，或者渴望如上古武士一般冲入敌阵挥刀砍杀，又或者……同情起某个从来也不打算同情的人。

走出指挥所，凯丽在晨光中远眺着杀机密布的重重群山。帕克斯顿就在那里率领他的一帮哥们儿行走于刀锋边缘。轻浮归轻浮，凯丽对帕克斯顿仍然怀有袍泽间的敬意。成为一名幽灵战士并不容易，能活着回来更不容易，他们有权利在舞会上那样做。

一队状如鹰隼的幽灵战机呼啸着掠过凯丽的头顶，向高空冲去，似乎要刺穿大气层。它们将在下一步行动中担负起争夺制空权和接应的任务。

回到指挥所后，凯丽一边继续调整自己的部署，一边静待帕克斯顿他们送来的情报。

快到吃晚饭的时候，第一批情报送回来了。凯丽一边咀嚼着简单的军用口粮，一边分析着陆续收到的情报，面色凝重。

情况确实糟糕，特克斯山脉几乎已经完全变成了Zerg族的巢穴，山谷和峭壁上到处都是孵化中心；行动快如闪电的迅猛兽挥舞着镰刀一般的坚利刀足成群地穿梭于山脊陡坡，鼠类的本能使它们视峭壁为坦途；自杀蝠则在群山上空肆意飞舞，犹如夏日河边的蚊虫，威胁着星空中所有异族的飞行器；靠喷射腐蚀液杀敌的刺蛇成群结队地把守着各个山谷的出入口，不时发出凶狠嘶哑的吼叫。凯丽没有看到维德布斯星的本土生物。Zerg族就是这样，寄生虫与生俱来的贪婪和残暴驱使它们疯狂吞噬宇宙中的一切生物，摄取人家的DNA，用来制造为自己的野心服务的高效杀手。每占领一个行星，该星球上的所有的资源都会被它榨干，留下的只剩一堆死气沉沉的残渣。凯丽知道，人类有段时间也是这样的，但人类知道这样做是错误的，所以早就摒弃了这种疯狂的发展方式。在建立外星殖民地时，人类一直竭力保证当地生态不受破坏。而Zerg族却是毫无节制的，它们的目标就是要将宇宙所有生物都纳入自己的控制之中。面对这样野蛮残暴的生物，反战之声无人附和。假若放弃抵抗，结局只能是种族灭绝，连当奴隶的机会都不会有。

随着帕克斯顿他们发回的情报越来越多，凯丽的脸色也变得越来越难看。形势之严峻令她吃惊，她根本顾不上身体的疲倦。夜半时分，她觉得不必再分析下去了，现在可行的选择只有一个，那就是进攻！而且必须尽快。倘若任此地的Zerg族发展到羽翼丰满之时，恐怕除了动用成千上万枚超级核弹将这颗行星炸为焦土外再无良策，而走此下策实际上等于在星图上抹掉了维德布斯星。

凯丽向司令部申请马上发动骚扰袭击。她立刻获得了批准。

一刻钟后，四辆重型攻城坦克分乘两架运输机起飞，趁着夜色扑向凯丽选定的目标。

目标区的Zerg族生物始终未能发现处于隐身状态中的监视着它们的幽灵战士。Zerg族扩张太快，防御体系漏洞甚多，运输机的噪声都未能为Zerg族生物所注意。直到那四辆攻城坦克空降于孵化中心附近的一处悬崖之上，Zerg 族仍未察觉异样。

那些攻城坦克毫不迟疑地展开座板，支起主炮，将大团火球掷向正在埋头采集晶石矿的甲壳虫一样的 Zerg 族工蜂们。在炮弹爆炸的火光中，几名工蜂顿时化为血肉残渣。

但是工蜂们反应很快，炮声一响，它们立刻散开逃跑，很快便逃到了安全地带，并钻入地下。同时，原先躲藏在地下的、未被幽灵战士发现的十余只迅猛兽跃出地表，向着坦克所在之地高速冲去。

凯丽心中不安起来，指挥此地 Zerg 族生物作战的脑虫是个会打仗的家伙，凯丽心中开始为这个计划能否成功诱使它上钩而担忧。

狂怒的迅猛兽们在高浓度肾上腺素的刺激下疯狂地冲向正在喷吐耀眼火光的坦克。但是它们冲到悬崖之下后却无计可施。这绝壁是如此陡峭，竟使得灵活敏捷的它们也无计可施，只能仰头发出愤怒的嘶叫，挥舞刀足，将石壁刨得火星四溅、碎屑飞溅。

凯丽见状不禁冷笑，当即命令坦克不要理会那些迅猛兽，集中火力尽快摧毁那个孵化中心。于是，四辆坦克立刻锁定目标展开疾速射击。不一会儿工夫，那个孵化中心便轰然炸裂，化为弥漫的血雾和碎屑。

凯丽下令坦克乘机火速撤退，同时命令巡弋于近地轨道上的那队幽灵战机启动隐身装置，俯冲下来接应运输机撤退。

果然不出凯丽所料，那队幽灵战机将蜂拥而至的、欲追杀运输机的自杀蝠拦个正着。一排威力强大的格斗导弹立刻击中最前面的一批自杀蝠，它们化为细碎的血肉碎末，纷扬坠落。但由于自杀蝠无法发现处于隐身状态的幽灵战机，所以它们对遭到的突然袭击不屑一顾，毫不停顿地继续向运输机猛扑。幽灵战机赶紧全力拦截。所幸自杀蝠威力虽大，自身防护能力却并不强，此刻数量也不是很多，所以在幽灵战机的不停暗算下，它们很快损失殆尽，未能伤到运输机分毫。

第一个回合凯丽获胜，得分点数遥遥领先，但凯丽无法露出笑容。这点儿战果在 Zerg 族巨大的繁衍能力面前意义不大，现在她得立即采取措施防范 Zerg 族的报复。

此地的脑虫果然是根老油条，它立刻做出了正确的判断，将大批刺蛇分为许多小队，每队配属一名领主，漫山遍野地进行拉网式的搜索巡逻。领主是所有隐身兵种的克星，这种悬浮在空中的章鱼形巨大生物拥有强大的精神能力，能够在较远距离感觉到幽灵战士的存在。凯丽一面指示弗朗西斯帮助所有幽灵战士达成信息共享，协调行动，一面报请司令部允许启用少量核弹。凯丽认为，面对很有经验的对手，再进行刚才那样的偷袭行动实为不智，现在只有启示录级核弹，才是唯一能让 Zerg 族深刻理解397K 高地价值的东西。

　　但是上级目光高远，认为不宜过早暴露这种终极武器，以免打草惊蛇。凯丽两手一摊，无话可说。他们或许言之有理，但凯丽不能拿自己的部队去冒险，在即将来临的防御战中，每一个人、每一支枪都是重要的。凯丽将帕克斯顿他们发回的音频、视频、信号全部发给了司令部，觉得这样或许能让他们获得切身的体会。

　　尽管帕克斯顿他们拼命躲藏，尽管弗朗西斯竭力配合，一夜下来，他们还是失去了两名同伴的信号。凯丽依上级指示派出的对 Zerg 族领主进行敢死猎杀的一队幽灵战机也被刺蛇的酸液腐蚀得遍体鳞伤，几乎失去战斗力。凯丽瞥了一眼早已装满的烟灰缸，将手中的烟头狠吸了一口，小心地放了进去。

　　天明时分，司令部终于有所松动，批准启用两枚核弹。

　　凯丽决定好好利用这两枚核弹。帕克斯顿亲自出马，在喝了两口营养液补足体力后，他提着脑袋大胆前行，向 Zerg 族腹地摸去。途中，他又听见了一名部下垂死的惨叫，他面色发白，但步伐未受影响，这一夜他大开眼界，所学到的东西比以往要多得多。

　　帕克斯顿选中了一个采矿工蜂众多的孵化中心，由于巡逻部队的大量派出，此地仅有一名领主，不足以搜索得天衣无缝。帕克斯顿狡猾地将导引激光的投射点点在晶石矿的岩缝之中，等待核弹从天而降。

　　这种时刻最为令人提心吊胆，若被发现，自己横死当场倒也罢了，珍贵的核弹也会因失去制导而浪费掉。Zerg族特有的生物性地毯组织踩上去有如肌肉，轻微的蠕动从帕克斯顿脚下传来，令他紧张不安。他真害怕这种组织已经进化出了神经系统。

一只刺蛇无意间游走到了帕克斯顿附近，双方距离是如此之近，帕克斯顿都可以看清它坚硬甲壳上的枪弹伤痕。或许，这是不久前侦察部队留给它的纪念……帕克斯顿刚冒出此念，那刺蛇突然不安地摆动它硕大的头颅，似乎从空气中嗅到了什么。帕克斯顿冷汗淋漓，闭目听天由命。

但领主的阴影并未完全覆盖帕克斯顿，刺蛇也摇摇摆摆地离开了。帕克斯顿睁眼仰望天空，看见针尖般的闪光刺破苍穹。"上帝的惩罚……"帕克斯顿低声自语，关掉激光导引装置后借助战斗服上的行走辅助装置高速逃之夭夭。导弹已进入末段惯性制导阶段，无须引导了。

核弹爆炸的巨大闪光，凯丽在高地上都看见了。即使无人汇报战果，她也知道那个采矿场已经瘫痪。除了建筑物之外，Zerg族目前还没有什么东西能扛得住这种终极武器的一击。工蜂的损失殆尽使采矿场的生产能力要过很久才能恢复，这比直接杀伤敌军的战斗兵员还要致命。

一刻钟后，另一枚核弹在另一名战士的引导下在另一处采矿场炸响。

Zerg 族真被打疼了！整个特克斯山脉变成了一锅沸水，Zerg 族战士开始掘地三尺地疯狂搜索。凯丽突然意识到，再让帕克斯顿所部在山里坚持下去简直等于谋杀，于是她果断下令召回他们。

回来也并不简单，帕克斯顿他们舍命夺路而逃，在又失去了两位战友后才冲出山口。

当他们在凯丽面前显现原形之时，凯丽恍然觉得他们好像从地狱返回的鬼魂。见有两人受伤，医疗队冲上去给他们进行治疗。其中一个显然受的刺激太大，不停叫喊着："它们来了！它们来了！成千上万！我们完了，这次我们死定了！漫山遍野，到处都是……"

凯丽皱眉示意卫生兵给此人注射镇静剂。即便她的手下全是克隆战士，她也无法宽容这种动摇军心的行为。

凯丽回头注视帕克斯顿，发现此人神色严肃，不久前的那股纨绔之气消失得无影无踪。确实如此，任何人亲身经历了使自己的部队损失近半的战斗都会有所改变。"才短短两天，你的眼神就变了，真是不错，比我学得快，就这样，只要你能学会把握战争，你就能成功地活下去……"凯丽希望帕克斯顿能在这场屠杀中活下来。她觉得自己或许有点儿喜欢这个小男孩儿，看见他平安回来，她的心里有如释重负之感。凯丽不想放过这个可以使自己避免被战争彻底吞没的机会。

凯丽等待着帕克斯顿向她开口索要她答应给予的奖励，但帕克斯顿似乎已经忘记此事。他久久凝望着远方血红阳光下的特克斯山，他的五名部下丧命于此。凯丽又等了等，终于转身走回指挥所，她不想打扰帕克斯顿静思。此时，最好容他自己慢慢领会所经历的一切，这样他能学到尽可能多的东西。凯丽觉得帕克斯顿有这样的悟性。

Zerg 族确实重新深刻认识了 397K 高地。天还未黑，它们以刺蛇和迅猛兽为主力的先遣部队就出现在了山区前面的平原上。随着时间的推移，它们集结的部队越来越多，并互相掩护着稳步向高地推进。

借用着探测雷达，凯丽认为敌军已经上钩。看着敌军步步为营地逼近过来，凯丽觉得不能让它们如此顺利。她派出四辆兀鹫战车，打算逗引敌军在高级兵种还未跟上之时就贸然闯入攻城坦克的炮火杀伤范围。

这四辆兀鹫战车趁着夜色飞速地冲到敌军集结地，在对最前列的刺蛇射出一排炮弹之后立刻调转车头后退。凯丽很高兴地看见大批刺蛇闻风而动，追击而来，她指挥着兀鹫战车。利用自己无与伦比的速度边打边退，牵诱着敌军追击，牢牢掌握着主动权。

不料，兀鹫战车后方突然有一队迅猛兽从地下跃出，成功截住了它们——原来，迅猛兽才是大部队的岗哨，刚才不动声色地放敌人过去了，此刻突然发难，果然抓了个正着。为追求速度而牺牲了防护能力的兀鹫战车的薄皮装甲很快被迅猛兽的坚利刀足撕得稀烂，发动机当场熄火，驾驶员也如同苹果中的虫子一般被拖拽出来，剁成碎片。另两辆战车舍命狂奔，方才绕开疯狂的迅猛兽。追击的迅猛兽在第一只同伴被炮火炸碎之时就立刻停住脚步退了回去，那些刺蛇也没有进入坦克的射程之内。

凯丽不得不承认此招高明，敌军是有防备的，不能奢望利用一些小花招暗算它们。她思索片刻，下令各单位严加防范，采取守势，不再试图冒险出击，同时向司令部请求空中支援。现在战斗随时可能打响。

又忙了一阵子，凯丽觉得应该抓紧时间去睡个觉。她并不担心敌军的突袭。以敌军现有的兵力结构只能发动地面冲锋，而在密集的炮火面前，如无大量雷兽则成功的希望渺茫。凯丽安然睡去，准备养足精神迎接即将到来的大战。

清晨的薄雾散去，出现在凯丽望远镜中的 Zerg 族大军已比昨日庞大许多，而且空中除了飞蝗一般的自杀蝠外已经出现不少扑打着半透明双翼的飞龙。凯丽甚至可以断定自己已看见了 Zerg 族女皇的身影。凯丽放下望远镜，心生俎上肉之感。

接近正午时分，云层中传来犹如雷鸣的引擎声。维德布斯地区太空舰队的出现引得高地上士兵们一片欢呼雀跃，但凯丽并不激动，她知道这不过是佯动而已。出动珍贵的地区舰队并非是要和 Zerg 族在此地决战，而是要造成人类为争夺高地不惜一切代价的假象，使敌军尽快毫无顾虑地冲上铁砧。

舰队高度渐渐降低，地面上的人已经能看见巡天舰的硕大身影，身材粗短的女武神护卫舰紧随在其周围，以保护它们的安全。它们的目标是空虚的敌军腹地。凯丽举起宏观望远镜，看见巡天舰舰艏的红光渐渐明亮。这种聚能炮威力巨大，用来摧毁防御堡垒和建筑物十分理想。

此时，大批自杀蝠急不可待地从四面蜂拥而至，看来它们等的就是这一天。忠实的女武神护卫舰射出密集的导弹弹幕，妄图螳臂当车。巡天舰队发射完聚能炮后，看见自杀蝠争先恐后地扑了过来，便立刻掉头逃离，就像被打怕了的孩子。每只自杀蝠就是一枚威力巨大的活导弹，一段基因代码和一点儿廉价的资源就取代了精密昂贵的制导设备和动力系统，珍贵的大型战舰相当害怕成为这种悍不畏死的 Zerg 族生物兵器的廉价牺牲品。

尽管巡天舰队开足马力，还是有一艘倒霉的巡天舰被撞得凌空爆炸，巨大的爆炸声犹如被毒蜂蜇死的巨人临死前所发出的无奈的怒吼。其余战舰也几乎个个带伤，狼狈不堪，落荒而逃。不幸未能与敌同归于尽的自杀蝠仍不依不饶地穷追不舍，女武神护卫舰如同猎犬般尾随着它们，狂奔而去。

一艘战舰终于支撑不住了，在挨了致命一击后速度快速下降，当即被自杀蝠包围。很快，它就冒着滚滚浓烟向群山坠去，那场面让凯丽觉得像极了水中的玩偶在向鱼缸底部沉落。

不过，它挽救了舰队。自杀蝠为猎杀它也降低了速度，终于给了女武神护卫舰发射导弹的机会，不一会儿，自杀蝠的数目就不足为虑了，舰队因而得以逃之夭夭。

地区舰队损失惨重，出尽洋相，但凯丽心中仍赞叹司令部的能屈能伸，不惜血本下此赌注。击败人类的巡天舰队是个辉煌的胜利，凯丽知道，即便是换了自己也未必不会上钩。

沉寂了较长一段时间后，凯丽接到了维德布斯星最高防务长官的直接命令：高地上的幽灵战士全体出击，为核弹指示目标，杀伤集结的敌军。

凯丽不禁叫绝。此时欲以此战术偷袭防范极其严密且队形分散的敌人无异于飞蛾扑火，即使侥幸成功，所获战果也不会很大，这样便可使敌军产生人类已黔驴技穷之感，并打消它们对核弹的疑惧心理，诱使它们放心大胆地投入进攻，所以损失一些战士和几枚核弹十分值得。

"我认为帕克斯顿必须留下。"凯丽提出自己的要求。为了最后的胜利必须不惜一切，但若只是执行送死性质的惑敌任务，有所保留亦无不可。凯丽希望帕克斯顿能和自己一起渡过难关，因此她觉得有必要小小地运用一下自己的职务特权。

"为什么？"少将问道。

"他的经验。"凯丽回答，"他可以成为一个优秀的指挥官。让他就这么去送死过于可惜。"

"那就这样吧！"少将漠然地说，随即中断了对话。

幽灵战士们沉默地投入了有去无回的亡命攻击。帕克斯顿对自己不能与部下共同进退表示不解，凯丽告诉他，上面需要有人在最后关头指示目标，但看来他并未完全相信。397K高地的精确方位早已测定，并不需要人在最后关头进行目标指示。

幽灵战士的出击很快被证实为一场灾难。Zerg族大军的严密防范使他们无机可乘。由于吃过幽灵战士的亏，敌军采取措施，增强了领主的精神能力，大大拓宽了领主的视野探测范围，这让幽灵战士的行动更加困难、危险。帕克斯顿目睹自己的部下一个接一个地消失在刺蛇的恶毒酸液和迅猛兽的锋利刀足之下，面部肌肉抽搐不止。凯丽知道，相识仅仅数百小时，相互间沟通的内容不过是一起玩玩电子游戏、喝喝啤酒，似乎很难成为至交，但同生死共患难的经历却足以使人铭记一生。军人之间的友谊是非常真挚的，有时，他们甚至愿意用自己的生命换取战友的生命。

所有幽灵战士都是好样的。虽伤亡惨重却无人后退，依然前仆后继地全力试图完成任务。其舍生忘死的勇敢精神令凯丽这样饱经战争的老兵也不禁动容。凯丽品尝着自己体内激素的味道，放纵自己血液的温度逐步升高，沉浸于战争所散发的感动之中。战争会暴露人类社会的痛疮，但也能展现人类品质中的优秀成分。没有自我意识的 Zerg 族战士要做到视死亡如无物易如反掌，丝毫不会令观者叹服，因为它们只是工具，自己根本不知道自己在做什么。然而人类不一样，他们有自己的生活、自己的爱恋、自己的梦想，要在一瞬间决定放弃这一切，投身于死亡，不是一件容易做到的事。

在浪费了两枚核弹之后，最后一名幽灵战士终于成功地引导一枚核弹落在了敌人头上。但战果微小，连一支敌军巡逻队也未能全数歼灭，他实在没有机会接近敌人的主力部队。

凯丽命令他撤退，她认为现在此人有权利活下去。但是这名战士已经暴露在了闻风而来的领主的视野之中。凯丽无可奈何地摇摇头，心想这支小小的特种部队到底没能逃过全军覆灭的结局。

但奇怪的是，那个战士附近的迅猛兽并没有追上去扑杀他，而是给了他足够的时间往回逃窜。它们并非没有发现他，那个领主一直在他头顶不远处飞行，跟随着他。凯丽当然不相信嗜血成性的 Zerg 族生物会突然良心发现、大发慈悲，她耐心观察，果然看见 Zerg 族女皇那颇似什么动物的内脏一般的身影一闪之后便消失了。

于是，凯丽命令阵地上的炮手们，当那个幽灵战士进入火炮射程之内时立刻开火将其击毙。

命令被很好地执行了，那些充当炮手的 B 级克隆战士炮术奇准，干脆利落地用火炮将那个幽灵战士吞噬，相信他没有经历什么痛苦。

"希望你明白我为什么要这样做……"凯丽对帕克斯顿说。

"我能理解。"帕克斯顿点点头，"他已经被敌军的孢子感染，倘若让他回到阵地，他所看见的一切都将为敌所知……你只不过是在阻止敌人窥探我们的虚实而已。"帕克斯顿的理性认识并不能掩饰他语气中透出的痛苦。

凯丽望着他，想了一下，还是问道："其中有你的好朋友吧？"

"没有。"帕克斯顿摇摇头，"从军以后，我就不再让友谊或任何类似友谊的东西发展下去了，因为一旦有了朋友，我就会害怕失去他。"

凯丽点点头，军中很多人都用这样的方法对待友谊。

"可是现在我仍然感到痛苦。他们都是好样的，可他们都死了，而我却还活着……我该怎么做？"

"活下去，并学会利用战争给予你的情感，将自己融入战争这部机器之中，这样，才能为他们报仇。"凯丽将自己所悟出的诀窍尽可能简短地传授给了他，"而且我们还要做到不被战争彻底吞没。将来战争结束了，我们还要回去结婚，组建家庭，养育孩子，重新学会生活，确保我们的文明不会被扭曲……"

"你真的以为经历了这一切，我们还能回去继续生活吗？"帕克斯顿森然说道，"不要以为我什么也不懂，我不是小孩子了……仗打多少年啦？击败 Zerg 族仍然遥遥无期，可我们已经付出了巨大的代价。每一个人的生活都被改变了，每一个人都被迫进入了战争。生活的内容变得简单而无味，就是为战争服务，不能适应的人很快就被淘汰……我早看出来了，战争在扼杀我们人类的精神，那些热情、敏感、奔放、多情、天真、可爱的人都在这种荒谬的选择机制中被杀死了，只有那些铁石心肠、冷酷无情、没心没肺、心如死灰的人才能活下来，继承并发展我们的文明……你能想象他们会发展出什么样的文明吗？上帝为什么要这样安排？我们现在正在被改造为撒旦而不是天使啊……我不要这样！"帕克斯顿沉痛地低下了头。

凯丽点点头："你说得不错，我也很遗憾，但是我们没有选择的空间。现在，在已知的星域中，只有地球才能够挡住 Zerg 族的侵略步伐。我们不仅是在为自己而战，也是在为宇宙中许许多多的种族而战，我们不可以逃避。拯救苍生是要付出代价的。我们的痛苦在所难免……我们不仅要和 Zerg 族作战，还必须和战争本身作战，努力使自己不被扭曲。能够生存下来而又不被扭曲的人，才能算是勇士。"

"可我做不到，"帕克斯顿摇了摇头，"我一直在全力保持心中的活力和脸上的笑容，但我望着舞会上女孩漂亮的面容时，心中却无法摆脱战友临死前的双眼，愤怒和恐惧无时无刻不在干扰我的生活。"

凯丽默然无言，她知道这种滋味，一直在恐惧和愤怒中生活是件痛苦的事，没人能保证自己可以完全不受影响，她亦不例外。

"嗨，少校，听说你是从地球来的，是吗？"帕克斯顿转头望着凯丽。

凯丽点点头。

"地球什么样？真的是虚拟现实系统所营造的那个样子吗？我出生在瓦利斯星，到现在，都还没有机会回母星一趟。这是个遗憾。看来，我到死都不能看到我和我的战友们付出生命所要保卫的东西了……"帕克斯顿脸上挂着勉强的笑容说道，话音中浸着悲凉。

"并非毫无机会，只要你能活着就可以了……到时候，我们……一起回去。回地球。"说完这话，凯丽心脏狂跳，脸红不已，她感到很奇怪，久已消失的热情如何又回到了自己的血液之中？

"地球上的人们生活得快乐吗？"帕克斯顿仿佛没有听见凯丽的建议，又提了个问题。

"现在哪儿的生活都一样，那些快乐的人其实也只是在苦中作乐……"凯丽有点儿失望，随口答道。

"那么，我也就不遗憾了。现在，我已经受够了。"帕克斯顿一把攥住自己胸前的护身符，将它扯了下来，"我已经失去了太多东西了，包括给我这个护身符的女孩子……我不想再这么痛苦地熬下去了，我一直在等待一个解脱，今天我看见它了，它就在这里。"帕克斯顿将护身符的吊绳慢慢缠绕在自己的左手手掌上。

凯丽觉得自己的胃在收紧，看来这个男孩是必死无疑了……她在心中轻叹一声，庆幸自己没有陷得太深，不然必受伤害。凯丽不明白，为什么男人都这么冲动、轻率没有韧性，相比之下，女人在这方面就要好得多，也许正因为她们身体柔弱，上帝在精神上给了她们补偿，使得她们比男人更能忍耐，更能经受住苦难，因而更有可能熬过难关。凯丽忽然想到，如果战后以女人为主导继承人类的文明的话，人类或许能很快恢复正常……

天快黑了，凯丽估摸着最后的时刻就快要来了，对面的敌军兵力结构越来越齐全，杀气也越来越盛，就像一张已经绷紧到极限的长弓，随时可能射出致命的利箭。

凯丽少校下令，给所有人员分发一支蜡烛。很久以前，人类社会就形成了这样的风俗，相信在悼念亲人的时候，为其点上一支蜡烛，烛光将能够照亮前路，引导亲人的灵魂步入天堂。凯丽参加过悼念阵亡将士的集会，那似乎无边无际的烛海在令她悚然的同时，也真的让她相信，烛光可以引导亡灵。

然而，不会有人为克隆战士点上一支蜡烛，所以凯丽要他们自己为自己点，只是不知道上帝是否会将这些不是出自自己之手的子民拒之门外。

397K 高地逐渐亮起来了，不过这次不是电力照明，而是被摇曳不定的烛光照亮的。从远方看去，整个高地仿佛在缓慢地燃烧。烛光照亮了克隆战士粗糙的面容。

"真是漂亮……"弗朗西斯赞叹道。大战前夕，凯丽命令他出来透透气，参与亡灵的引导仪式。

"我建议，报请上面给这个目前还未正式命名的高地起个名字。"弗朗西斯的语气中透出兴奋，"我看……就叫烛光岭吧！"

凯丽认为对这位电子人副官来说这可是个进步，他们有学习的能力，尽可能地接近人类的思想和行为是他们毕生的目标，能够触景生情，这说明他的进步已经不小。于是她点头称是，这个名字确实不错，以此铭记死于此地的战士不失为一个好主意。

"等战斗结束，这个高地就不复存在了。"帕克斯顿生硬压抑的话音载着微弱的烛光飘入凯丽的耳中。这句话令高地陷入沉寂之中。凯丽低下头，深感此人言之有理，但她也知道，此人心已死去，生命之火已在他体内消失，凯丽为此神伤不已。弗朗西斯也在低头沉思，看来他已经能够像人类一样理解恐惧和危机了。

夜风不知疲倦，高地上的烛火一点点地熄灭了，高地最终被黑暗彻底吞没。

凯丽回到地下指挥所坚守岗位，她不敢去睡。于是这个夜晚显得分外漫长。凯丽忽然想起了少年时她在某个虚拟社区的留言板上看见的一句话——许多自知人生苦短的男女都希望那里能使自己生命的某个片段得以不朽——凯丽不知道那句话是谁说的，但它于悄然间刻在了她的脑海中：夜太长，月光都会冷透。

战斗在黎明时分爆发。骤然炸响的炮声如同上帝的怒吼，猛烈击打着维德布斯星浓稠的大气。凯丽大口喝着冷咖啡，冷静地注视着指挥所的众多终端显示屏。来袭之敌只是一些迅猛兽组成的先锋，分为数支小队，从不同的方向向高地发动了攻击。

在密集的炮火轰击下，这些敌军很快就完成了由生物到原生质碎片的转换。凯丽知道，它们这是在试探高地的虚实，收集情报，大规模的进攻马上就要到来了。

当凯丽看见天空中移动缓慢但体形巨大的黑影时，她产生了无力之感。这是 Zerg 族的终极空中打击兵种——守护者，它射出的球形黄色酸液弹威力巨大，但这还不是最恐怖的地方，最可怕的是它的射程极远，连防空导弹塔都对它无可奈何，只有挨打的份儿。地面部队很难与它对抗，只能倚仗空军的威力了。

一队队幽灵战机从高地机场垂直升上天空，大批的女武神护卫舰也从外层空间冲入大气层。这是地区空军的主力。必须保证诱饵不被敌人的空军轻易地吃掉。

激战在高地前方的上空爆发。这是一场硬碰硬的决战。人类的战斗机群不顾死活地直扑威胁着地面部队的守护者，而 Zerg 族的自杀蝠和由飞龙蜕变的喷吐酸雾的吞噬者则迎上来接战。各型导弹、各种颜色的腐蚀弹、横飞的血肉碎块、支离破碎的金属残片立刻充满了天空，混杂着巨大的爆炸声，仿佛那里正在下着一场怪诞的雷阵雨。

敌军的刺蛇群出动了，它们喷出的强劲酸液射程极远，能够打击空中目标，Zerg 族空军后退一步，与陆军形成空地一体打击结构，人类空军顿时处于劣势，被迫后退。刺蛇群追击而来，一进入坦克的火力圈，它们立刻遭到排炮的猛烈射击，对空火力顿时减弱了下来。人类的空军马上反身杀回，全力猎杀笨拙的守护者。双方的空军就在人类地面火力最大射程线附近展开拉锯战。

没过多少时间，空战结束了，大部分Zerg族的守护者被摧毁，剩下的也伤痕累累，已经没有战斗力可言了。不过，人类的空军也付出了不小的代价，冲在最前面的隐身战斗机几乎损失殆尽。由于目的已经达到，受伤最轻的一些女武神护卫舰掩护着空军主力撤离了战场。

凯丽知道沉寂不会保持太久，但她心中颇为振奋，空军打得漂亮，失去了空中打击力量，Zerg 族只能从地面发动强攻，这意味着计划成功的可能性大大增加。

不料，等待竟持续了几个小时。长时间的戒备消耗了凯丽不少精力，又加上没有睡好，她只好服用了点儿兴奋剂。

然而，她的部下并不像她那样容易疲劳。当 Zerg 族的妖魔们发起冲击时，战士们立刻做出反应开了火。

冲在最前面的是有"猛犸"之称的 Zerg 族生物战车——雷兽，它们有着令人难以置信的抗打击能力，坦克的巨炮也不能对它构成致命的威胁，然而它们仍然是生物。这些活堡垒的作用是吸引炮火，掩护后面相对脆弱的刺蛇和迅猛兽。炮手们惊恐地看见炮弹直接落在它们甲壳上爆炸却只见碎片飞舞而不能减缓它们冲击的速度，只激起了它们狂怒的巨吼，几乎将炮弹的爆炸声掩住。

凯丽马上命令最前列的火炮进行拦阻射击。于是，一排排炮弹越过雷兽落在后面的刺蛇群中，飞溅起的肢体残块甚至比爆炸的火光更加刺眼。后排火炮依次在最大射程上开火，形成了数道火墙。

但是 Zerg 族的集团冲锋能量实在巨大，尽管炮火杀死了许多敌军，可仅仅像是往海浪中扔了些石头而已，起不了多大作用。凯丽觉得，自己这些天构筑防御体系的苦心显得实在可笑。兵力太过悬殊，自己的阵地只是个鸡蛋壳，而敌人的巨大兵力足以粉碎巨石，一个冲锋肯定就能见分晓，唯一的悬念只是吃掉这个高地所需的时间。不过，这也是敌军必将失败的原因。

这时，通信系统传来总部传令兵冰冷的声音：核弹已经全部发射完毕。凯丽心想，等会儿若有 Zerg 族战士侥幸生存下来，它就会明白是什么原因促使人类犯下如此错误，将并不多的兵力放在如此容易被吃掉的地方了。

眼下还得再坚持一段时间。没有了后顾之忧，凯丽索性放开手脚，全身心投入指挥之中。尽管现在防御战打得好不好已经不怎么重要，但她觉得这是个挑战自己的好机会，现在经验是最宝贵的东西，经验越足，活下来的可能性越大。

体形巨大的雷兽速度却惊人，简直可以和迅猛兽媲美。它们高视阔步，勇猛地闯过一道道火墙，很快就将和防线最前沿发生接触战。这时，平地上冒出许多智能地雷，迎着雷兽飞了过去。雷兽没料到这一手，它们最前面那些已受重伤的顿时被炸飞。

然而，地雷很快耗尽了，地堡的枪眼开始一齐喷吐火光。在敌军巨大的兵力优势面前，任何战术都形同花招。凯丽觉得在巨兽的怒吼和猛烈的爆炸声中显得十分微弱的机枪射击声听起来像是玩具枪在发言。

凯丽飞快地发布着一道道指令，在她的直接指挥下，大批机械工程兵赶往各支撑点，抢修正在遭到雷兽可怕巨牙打击或因火炮迫近射击而受波及的地堡。然而这些都是徒劳的，雷兽的数目虽然已经不多了，但它们成功地减少了刺蛇和迅猛兽的伤亡，现在该后续部队施展本事了。尽管许多刺蛇和迅猛兽经受了炮火的洗礼都已带伤，但毫不畏惧密集的枪弹，凶悍地猛冲向掩护坦克的地堡。在幸存雷兽较多的地段，可怕的密集打击令地堡很快被摧毁，几个机械工程兵一起抢修都无济于事。凯丽急忙调动后方预备队的步兵战斗群、机甲巨人和兀鹫战车冲上去迎战并发动反冲击，暂时稳定住了防线。

但稳定只是暂时的，现在水坝上只出现了几处裂缝，很快漏水的地方就会多起来，最终……溃堤。凯丽非常明白，最后时刻就会在自己的预备队消耗殆尽时发生，所以她尽量节约使用兵力，亲自将命令下达到每一个士兵那里，竭力不让一名士兵做出无谓的牺牲。

很快她就打出了感觉，完完全全沉浸在了指挥作战之中。她已经心无旁骛，仿佛自己是一名艺术家，正在绘制自己一生中最重要的画作，或是在雕琢王冠上最大的那颗钻石。她没有时间去理会恐惧和部下临死前的惨叫，也感觉不到时间的流动。她的思维完全被"指挥"这个词管住了，此刻，她只想打出最完美的防御战。

随着坦克的相继损毁，炮火渐渐减弱，越来越多的敌军冲上防线，连杀伤力巨大的形如蜘蛛的潜伏者都冲上来钻入地下，对防线展开攻击……预备队渐渐不敷使用，凯丽已经连向最危险的地区派几个人都做不到了。于是，凯丽毫不犹豫地命令自己的警卫队上到地面，去增援防线。同时，她条件反射般地拔出自己的自卫手枪，推弹上膛，放在桌上。虽然它发射的子弹连迅猛兽的甲壳也无法穿透，但凯丽没有闲心想到这一点，她更没空想到，她的那些警卫曾两次救过她的命。

但身边的异常响动还是惊醒了不能自拔的凯丽。她转过头，看见弗朗西斯正在穿戴臃肿的封闭式步兵战斗服，他瘦小的身躯与这战斗服很不协调。

"你要做什么，弗朗西斯？"凯丽问道。

"我也要去增援防线，我看你完全可以不需要我的辅助。"弗朗西斯说。

"你不是战斗人员，没有必要去！"

"不，现在外面需要我，需要每一个……人。电脑里备份有我所积累的经验，所以失去我后，部队不会蒙受损失。我一出生就被告知，在人类遭遇危险时必须挺身而出……所以，再见了，少校。"战斗服的面罩放了下来，弗朗西斯的面容被反射的灯光所取代。

凯丽说不出话来，她沸腾的血液开始降温。

"他们曾告诉我，总有一天，我会进化得和人类一样，到那时，我就会被人类所接纳，拥有人类所拥有的一切。但是我知道，人类一般是不会在别的人类遭遇危险的时候挺身而出的，所以……我到底还是没有变成人类。我感到很遗憾。"弗朗西斯说完，停顿了一下，然后有点儿困难地提起高射速机枪，向外走去。

凯丽目送她的副官走向地狱，她没有看见他最后的表情，这是件幸运的事，可以避免这表情闯入她的梦境。

但是，现在凯丽再也难以集中精神指挥作战了，她心神已乱，原本无暇顾及的各种情绪和思绪在脑海中四处飞舞。猛地，她想起了帕克斯顿。顿时，她的心仿佛被狠狠捏了一把。他在哪儿？凯丽四处察看。很快，她就看见了一头被冻结住的雷兽。只有幽灵战士才能做到这一点，而帕克斯顿是现在高地上唯一的幽灵战士。一秒钟后，凯丽认出了地上散落的幽灵战士的装备残骸和血肉，她甚至认出了他的那个钛质星形护身符。凯丽感到自己的心脏似乎被塞入了一块燃烧着的木炭，发热的眼眶使她多年来头一次意识到自己原来是会流泪的。是的，帕克斯顿得到了解脱，就以如此简单的方式，而留下她继续生存、继续战斗……

凯丽放弃了指挥，她茫然地注视着自己的部下不成章法地各自为战，自己的防线被疯狂的敌军越撕越烂，心中空空如也。

Zerg族虫海已经淹没高地，只剩一些被机械工程兵死死围护住的地堡还在顽强地喷吐火舌。Zerg 族战士已经发现了高地上层的兵器和建筑都是伪装品，但并没有马上做出反应。

这时，天空中出现了上百粒闪烁的光点，如同上帝撒下的一把流星。

Zerg 族大军愣了一阵，然后开始了疯狂的大撤退。

晚啦！凯丽冷笑着，观看因惊慌失措，便毫无章法地撤退而拥挤成一团的虫子们出尽洋相，这让她心中产生了些许复仇的愉快。

地下指挥所突然陷入了彻底的黑暗之中。灯光都灭了，指挥系统的各显示终端也失去光芒。片刻后，应急备用电力系统启动，昏暗的灯光才回到指挥所。凯丽意识到，一切都结束了。

沉寂之中，凯丽感到了疲乏，她的精力早已透支。凯丽很想抽支烟，但她连空烟盒都找不到了。于是，她只好蜷缩进宽大的皮椅，闭目休息，等待总部救援队的救援。

可能是温控系统电力不足，也可能是灯光昏暗，还有可能是体力透支，凯丽感到了寒意，她抱紧双肩，缩成了一团。

残阳如血，通红的天空和大地弥漫着异星球的迷幻色彩。凯丽接受完健康检查后被获准出外散步，她走出这个基地的野战医院，走上医院后面的小山包，远眺烛光岭。

她什么也没有看见，就像在获救前一样，当时她以为自己会梦见点儿什么，但她失望了。

血红的世界让凯丽感到难以抑制的悲哀和伤感。仗打赢了，可她失去了一切，她失去了她的副官，失去了她的卫队，失去了她的部下，失去了……刚刚获得了她的好感的人。或许，连聊以纪念他们的烛光岭，也已不复存在。凯丽不知道，在似乎永无尽头的战争中，她还会失去些什么？

凯丽突然觉得委屈得不行，她感觉自己现在就像小的时候心爱的玩具被人抢走时那样孤弱无助。这委屈混杂着绝望在她体内弥漫，吸走了她的力量。凯丽双膝一软，跪在地上，低头捂着嘴，无声无息地哭泣起来。

凯丽的身躯抽动着，泪水成串地滴落在膝前，喉咙里间或发出如同溺水者临死前被硬挤出的那种声响。凯丽不想压抑自己的情感，她知道自己这时候需要发泄。她感到无比地委屈和绝望，但她知道任何人都不该为此负责，她只能像帕克斯顿所说的那样，质问上帝为什么要这样安排……

凯丽哭泣着，哭声压抑而尖厉，如同一只受伤的母兽。她痉挛的双手死死攥着自己胸口的衣服，仿佛在搓揉自己的心脏。她要把自己体内的软弱和绝望化为泪水统统挤出去。凯丽很久以前就已经知道自己没有选择的余地，现在能阻挡野蛮邪恶的 Zerg 族侵略脚步的，只有人类，所以她没有权利软弱，没有权利绝望。

她唯一的权利，就是哭泣。

一支军容严整、装备齐全的机械化部队从基地旁边高速驶过，直奔特克斯山脉。已经恢复了常态的凯丽面无表情地看着战车上的战士向她庄严地行着军礼，她目送他们远去。这是陆战九师的部队。战功赫赫的九师有着极其坚硬的牙齿和无比强健的肠胃，他们杀气腾腾地扑向残余的敌人，要把它们生吞活剥。凯丽的目光越过他们，望向远方，仿佛看到乌云般的运输机正把精锐的三二三空中突击师投放到 Zerg 族的大后方，剽悍的伞兵们在那里欢快地尽情杀戮毫无还手之力的 Zerg 族工蜂们。

这一切都要归功于凯丽少校，以及曾驻守于烛光岭上的那些战士。正是他们的生命，使这一切有了可能性……凯丽有权利获得战友的致敬和人们的尊敬。

然而，凯丽对这些早已意兴阑珊。她看看天色已暗，认为可以为亡灵们点上一支蜡烛了。

那一夜，风不小，小山顶上的微弱烛光摇曳了很久却未曾熄灭，看到的人们都感到奇怪不已。

一生的故事 / 王晋康

宿命种种

题记：

一个旧画框嵌着一幅新颖的画作。小说以痛定后的平静口吻讲述了三个亲人的一生。而且——并非是在展现个人的宿命，而是人类的宿命。

我的一生，作为女人的一生，实际是从 30 岁那年开始的，又在 31 年后结束。30 岁那年是 2007 年，一个男人突然闯进我的生活，又同样突然地离去。31 年后，2038 年的 8 月 4 日，是你离开人世的日子，白发人送黑发人，这是我早就预感到的结局。

此后，我只靠咀嚼往日的记忆打发岁月。咀嚼你的一生，你父亲的一生，我的一生。

还有我们的一生。

那时，我住在南都市城郊的一个独立院落。如果你死后有灵魂，或者说，你的思维场还能脱离肉体而存在的话，那么，你一定会回味起这儿，你度过童年和少年的地方。院墙上长满了爬墙虎，硕大的葡萄架撑起满院的荫凉，向阳处是一个小小的花圃，母狗灵灵领着它的狗崽在花丛中追逐蝴蝶。瓦房上长满了肥大的瓦松，屋檐下的石板被滴水敲出了凹坑。阳光和月光在葡萄叶面上你来我往地交接，汇成时光的流淌。

这座院落是我爷奶（你曾祖父母）留给我的，同时他们还留下一些存款和股票，足够维持我简朴自由的生活。我没跟父母去外地，独自在这儿过活。一个30岁的老姑娘，坚持独身主义；喜欢安静，喜欢平淡；从不用口红和高跟鞋，偶尔逛逛时装店；爱看书，上网，听音乐；最喜欢看那些睿智尖锐的文章，体味"锋利得令人痛楚的真理"，透过时空与哲人们密语，梳理古往今来的岁月；兴致忽来时，写几篇老气横秋的科幻小说(我常用的笔名是"女娲")，挣几两散碎银子。

与我相依为伴的只有灵灵。它可不是什么血统高贵的名犬，而是一只身世可怜的柴狗。我还是小姑娘时，一个大雪天，听见院门外有狗叫声，打开门，只看见一只年迈的母狗叼着一只狗崽，母狗企盼地看着我，那两道目光啊……我几乎忍不住流泪，赶忙把母子俩收留下来，让爷爷给它们铺了个窝。冰天雪地，狗妈妈在哪儿完成的分娩？到哪儿找食物？一窝生了几个？其他几只是否已经死啦？还有，在它实在走投无路时，怎么知道这个门后的"两腿生物"是可以依赖的？我心疼地推想着，但没有答案。

狗妈妈后来老死了，留下灵灵。我在它身上倾注了全部的母爱，为它洗澡，哄它喝牛奶，为它建了一个漂亮的、带尖顶的狗舍，专用的床褥和浴巾常换常洗，甚至配了一大堆玩具。父亲有一次回家探亲，对此大摇其头，直截了当地说："陈影，你不能拿宠物代替自己的儿女。让你的独身主义见鬼去吧！"

我笑笑，照旧我行我素。

但后来灵灵的身边还是多了你的身影，一个蹒跚的小不点儿，然后，变成一个精力过剩的小男孩儿，变成明朗的大男孩儿，倜傥的男人，离家，死亡。

岁月就这样如水一般涌流，无始也无终。没有什么力量能使它驻足或改道。河流裹挟着亿万生灵一同前行，包括你，我，他，很可能还有"大妈妈"，一种另类的生灵。

30 岁那年，一个不速之客突然出现在我家院子里。那是真正意义上的不速之客。晚上，我照例在上网，不是进聊天室，我认为那是少男少女们喜爱的消遣，而我（从心理上说）已经是千年老树精了。我爱浏览一些"锋利"的网络文章，即使它们有异端邪说之嫌。这天，我看了一篇帖子，是对医学的反思，署名为"菩提老祖"（也够老了，和女娲有得一比）。文章说，几千年的医学进步帮助人类无比强盛，谁不承认这一点就被看成疯子，可惜人们却忽略了最为显而易见的事实——

"动物。动物社会中基本没有医学（某些动物偶尔能用植物或矿物质治病），但它们都健康强壮地繁衍至今。有人说这没有可比性，人类处于进化的最前端，越是精巧的身体越易受病原体的攻击；何况人类居住密集，这大大降低了疫病暴发的阈值。这两点加起来就使医学成为必需。不过，自然界有强有力的反证：非洲的角马、瞪羚、野牛、鬣狗和大猩猩，北美的驯鹿，南美的群居蝙蝠，澳洲的野狗，各大洋中的海豚，等等。它们和人类一样属于哺乳动物，而且都过着密集的群居生活。这些兽群中并非没有疫病，比如澳洲野狗中就有可怕的狂犬病，也会出现大量的个体死亡。但死亡之筛令动物种群迅速进行基因调整，提升了种群的抵抗力。最终，无医无药的它们战胜了疫病，生气勃勃地繁衍至今——还要繁衍到千秋万代呢，只要没有人类的戕害。"

文章中还奚落道："这么一想真让人类丧气。想想人类一万年来在医学上投入了多少智力和物力资源！想想我们对灿烂的医学明珠是多么自豪！但结果呢，若仅就种群的繁衍与强壮而言（不说个体寿命），人类只是和傻傻的动物们跑了个并肩。大家说说，能否得出这样一个结论——医学能大大改善人类个体的生存质量，但对种群而言并无益处？！

"或许还有害处呢。医学救助了病人，使许多遗传病患者也能生育后代，终老天年，也就使不良基因逃过了进化之筛；药物，尤其是抗生素的滥用，又使人类的免疫系统日渐衰弱。总的说来，医学干扰了人类种群的自然进化，为将来埋下定时炸弹。所以，在上帝的课堂上，人类一定是个劣等生，因为那位老考官关注的恰恰是种群的强壮，从不关心个体寿命的长短。"

这些见解真算得上异端邪说了，不过它确实锋利。

文章的结尾说："这么说，人类从神农氏尝百草时就选了一条错路？！——非常可惜，即使我们承认这个观点的正确，文明之河也不会改变流向。医学会照旧发展。药物广告继续充斥电视节目。你不会在孩子高烧时不找医生，我也不会扔掉口袋里的硝酸甘油。原因无它：基因的本性是自私的，对每个人而言，个体的生存比种群的延续分量更重。而对个体的救助必然干扰种群的进化，这是无法避免的，是一枚硬币的两个面。所以——读到这篇文章的人只当我是放屁。人类还将沿着上帝划定之路前行，哪管什么其他的声音。"

我把这个帖子看了两遍，摇摇头——我佩服作者目光之锐利，但它充其量不过一篇玄谈而已。我把它下载、归档，万一哪篇小说中用得上呢。

灵灵已经在我腿边蹭了很久，它习惯了每晚的洗澡，在催促我呢。我关了电脑，带灵灵洗了澡，再用吹风机吹干，然后把它放出浴室。灵灵惬意地抖抖皮毛，信步走出屋门。我自己开始洗澡。

不久后，我听到灵灵在门口惊慌地狂吠，我喊道："灵灵！灵灵！你怎么啦？"灵灵仍狂吠不已。我披上浴巾，出屋门，拉开院中的电灯。灵灵对之吠叫的地方是一团混沌，空气似乎在那儿变得黏稠浑浊。浑浊的边缘部分逐渐澄明，凸显出中央一团形状不明的东西。那团东西越来越清晰，变得实体化，然后在两双眼睛的惊视中变成一个男人。

一个浑身赤裸的男人，或者说是大男孩儿，很年轻，二十一二岁。他身体蜷曲着，犹如胎儿在子宫。身体实体化的过程也是他逐渐醒来的过程，他抬起头，慢慢睁开眼，目光迷蒙，眸子晶亮如水晶。

老实说，从看到这双眼睛的第一刻起我就被征服了，血液中激起如潮的母性。我想起来了，灵灵的狗妈妈在大雪天叫开我家院门时就是这样的目光。我会像保护灵灵一样，保护这个从异相世界来的大男孩儿——他无疑是乘时间机器而来，作为科幻作家，我对这一点有足够的心理准备。

男孩儿目光中的迷蒙逐渐消去，他站起身。一具异常健美的身躯，仿佛古希腊的塑像被吹入了生命——他身高一米八九，筋腱分明，皮肤光滑润泽，剑眉星目。他看见我了，没有说话，也不因自己的裸体而窘迫，只是面无表情地看着我。刚才狂吠的灵灵立时变了态度，欢天喜地扑了上去，闻来闻去，一窜一蹦地撒着欢儿。灵灵在我的过度宠爱下早把野性全磨没了，从不会与陌生人为敌，在它心目中，只要长着两条腿、有人味的都是主人，都应该眷恋和亲近。灵灵的态度加深了我对来客的好感——至少说，被狗鼻子认可的这位，不会是机器人或外星恶魔吧。

那时，我并不知道，这个大男孩儿竟然是从 300 年后来的一个杀手，而目标恰恰是——我、我未来的丈夫和儿子。

我裹了一下浴巾，笑着说："哟，这么赤身裸体可不符合做客的礼节。从哪来，过去还是未来？我猜，一准是未来。"

来人只是简单地点点头，然后不等我发出邀请就径直往屋里走，还不忘吩咐一声："给我找一身衣服。"

我和灵灵跟在他后边进屋，先请他在沙发坐下。我到储藏室去找衣服，心想这位客人可真是不见外啊，吩咐我找衣服都不带一个"请"字。我找来爸爸的一身衣服，客人穿肯定太小，我说："你先将就穿吧，明天我到商店给你买合体的衣服。"来人穿好，衣服紧绷绷的，手臂和小腿都露出一截，显得很可笑。

我笑着重复："先将就吧，明天买新的。你饿不饿？给你做晚饭吧。"

他仍然只点点头。我去厨房做饭，灵灵陪着他亲热，但来人对灵灵却异常冷淡，不理不睬，看样子没把它踢走已经不错了。我旁观着灵灵的一头热，很替它抱不平。等一大碗肉丝面做好，客人不见了，原来他在院中，躺在摇椅上，双手枕头，漠然地望着夜空。好脾气的灵灵仍毫不生分地陪着他。

我喊他回来吃饭："不知道未来人的口味，要是不合口味你尽管说。"

他没有说话，低头吃饭。这时，电话响了，我拿起听筒，是一个陌生女人，声音很悦耳，不大听得出年龄。

她说："你好，是陈影女士吧。戈亮乘时间机器到你那儿，我想已经到了吧？"

这个电话让我很吃惊，它是从"未来"打到我家，它如何通过总机中转，又是通过哪个时代的总机中转，打死我，我也弄不明白。还有，这个女人知道我的名字，看来这次时间旅行开始就是以我家为目的地，并不是误打误撞地落在这儿。至于她的身份，我判定是戈亮的妈妈，而不是他的姐妹或恋人，因为声音中有一种只可意会的宽厚的慈爱，是长辈施于晚辈的那种。

我说："对，已经到了，正在吃饭呢。"

"谢谢你的招待。能否请他来听电话？"

我把话机递过去："戈亮——这是你的名字吧。你的电话。"

我发现戈亮的脸色突然变了，身体在刹那间变得僵硬。他极勉强地过来，沉着脸接过电话。电话另一头说了一会儿，他仍一言不发，最后才不耐烦地嗯了两声。在我看来，他和那个女人肯定有什么不愉快，而且是相当严重的不愉快。电话另一头又说了一会儿，他生硬地说："知道了。我在这边的事你不用操心。"便把电话交回给我。

那个女人说道："陈女士——或者称陈小姐更好一些？"

"如果你想让我满意，最好直呼名字。"

"好吧，陈影，请你关照好戈亮。他孤身一人，面对的又是300年前的陌生世界，要想在短时间内适应肯定相当困难。让你麻烦了。拜托啦，我只有拜托你啦。"

我很高兴，因为一个300年后的妈妈把我当成可以信赖的人，"不必客气，我理解做母亲的心——哟，我太孟浪了，你是他母亲吗？"

我想自己的猜测不会错的，但对方朗声大笑："啊，不不，我只是……用你们时代的习惯说法，是机器人；用我们时代的习惯说法，是量子态非自然智能一体化网络。我负责照料人类的生活，我是戈亮、你和一切人的忠实仆人。"

我多少有些吃惊。当然，电脑的机器合成音在300年后发展到尽善尽美——这点不值得惊奇。我吃惊的是"她"尽善尽美的感情程序，她对戈亮充满了母爱，这种疼爱发自内心，是作不得假的。那么，为什么戈亮对她的态度如此生硬，是一个被惯坏的孩子的逆反心理？其后，等我和戈亮熟识后，他说，在300年后的时代，他们一般称她为"大妈妈"，"一个无所不在、无所不能、无所不管的大妈妈。她的母爱汪洋恣肆，想躲开片刻都难。"戈亮嘲讽地说。

大妈妈又向我嘱托一番，挂了电话。那边，戈亮在低头吃饭，显然不想把大妈妈的来电作为话题。我看出他和大妈妈之间的生涩，很识相地避而不谈，只问了一个纯技术性的问题：从300年后打来电话使用的是什么技术，靠什么来保证双方通话的"实时性"，而没有陷于时空的迟滞。没想到这个问题也把戈亮惹恼了，他恼怒地看我一眼，生硬地说："不知道！"

我冷冷地翻他一眼，不再问了。如果来客是这么一个性情乖张、在人情世故上狗屁不通的大爷，我也懒得伺候他。素不相识的，凭什么容他在我家发横？只是碍于大妈妈的嘱托，还有……想到他刚现身时迷茫无助的目光，我的心又软了，柔声说道："天不早了，你该休息了，刚刚经过300年的跋涉啊。"我笑着说，"不知道坐时间机器是否像坐汽车一样累人。我去给你收拾床铺，早点休息吧。"

但愿明早起来你会可爱一些吧，我揶揄地想。

后来，等我和戈亮熟识后，我才知道那次问起跨时空联络的原理时他为什么发火。他说，他对这项技术确实一窍不通，作为时间机器的乘客，这让他实在脸红。我的问题刺伤了他的自尊心。这项技术牵涉到太多复杂的理论，难以理解。他见我没能真正理解他的话，又加了一句："其复杂性已经超过人类大脑的理解力。"

也就是说，并不是他一个人不懂，而是人类全体，所有长着天然脑瓜的自然人。

60 年前，第二次世界大战中，美国在太平洋深处的某个小岛上修了临时机场。岛上有原住民（我忘了他们属于哪个民族），还处于蒙昧时代。美国大兵带来的 20 世纪的科技产品，尤其是那些小玩意儿，像打火机啦，瓶装饮料啦，手电筒啦，这些令原住民们眼花缭乱，更不用说那只能坐人的大鸟了。二战结束，临时机场撤销，这个小岛暂时又被文明社会遗忘。这些原住民呢？他们在酋长的带领下，每天排成两行守在废机场旁，虔诚地祈祷着，祈祷"白皮肤的神"再次乘着"喷火的大鸟"归来，赐给他们美味的饮食、能打出火的宝贝，等等。

美国大兵无法让他们相信飞机不是神物，而是人（像他们一样的人）制造的。因为飞机升空的原理太复杂，牵涉到太多的物理和数学理论，超出了他们的理解范围。

不到三岁时你就知道父亲死了，但你不能理解死亡。死亡太复杂，超出了你那个小脑瓜中仅存的智慧。我努力向你解释，用你所能理解的词语。我说爸爸睡了，但是和我们不一样，我们呢，是晚上睡觉早晨就醒，但他再也不会醒来了。你问："爸爸为什么不会醒来，他太困吗？他在哪儿睡？他那儿分不分白天黑夜。"这些问题让我难以招架。

等到你五岁时，亲自经历了一次死亡，灵灵的死。那时，灵灵已经15岁，相当于古稀老人了。它病了，不吃不喝，身体日渐衰弱。我们请来了兽医，但兽医也无能为力。那些天，灵灵基本不走出狗舍，你在外边唤它，它只是无力地抬起头，歉疚地看看小主人，又趴下去。一天晚上，它突然出来了，摇摇晃晃地走向我们。你高兴地喊："灵灵病好了，灵灵病好了！"我也很高兴，在碟子里倒了牛奶。灵灵只舔了两口，又过来在我俩的腿上蹭一会儿，摇摇晃晃地返回狗窝。

我想它第二天就会痊愈的。第二天，太阳升起了，你到狗舍前喊灵灵，灵灵不应。你说："妈妈，灵灵为什么不醒？"我走了过去，见灵灵趴在窝里，伸手摸摸，立时，一道寒意顺着我的手臂神经电射入心房：它已经完全冰凉了，僵硬了，再也见不到今天的太阳了。它昨天已经预知了死亡，挣扎着走出窝，是为了同主人告别。

你从我表情中看到了答案，又不愿相信，胆怯地问我："妈妈，它是不是死啦？再也不会醒啦？"我沉重地点点头。心里很后悔没有把灵灵生的狗仔留下一两个。灵灵其实很孤独，终其一生，基本与自己的同类相隔绝。虽然它在主人这儿享尽宠爱，但它到底是幸运还是不幸呢？

我用纸盒装殓了灵灵，去院里的石榴树下挖坑。你一直跟在我身边，眼眶中盈着泪水。直到灵灵被掩埋，你才知道它确实再也不会醒了，于是号啕大哭。此后，你才真正理解了死亡。

没有几天，你的问题就进了一步，你认真地问："妈妈，你会死吗？我也会死吗？"我不忍心告诉你真相，同样不忍心欺骗你。我说："会的，人人都会死的。不过爸妈死了有儿女，儿女死了有孙辈，就这么一代一代地传下去，永远没有尽头。"

你苦恼地说："我不想你死，我也不想死。妈妈，你想想办法吧，你一定有办法的。"

我只有叹息。在这件事上，连母亲也是无能为力的。

你的进步令我猝不及防。到十岁时你就告诉我："其实人类也会死的。科学家说质子会衰变，宇宙会坍塌，人类当然也逃不脱。人类从蒙昧中慢慢长大，慢慢认识了宇宙，然后就灭亡了，什么也留不下来，连知识也留不下来。至于以后有没有新宇宙，新宇宙中有没有新人类，我们永远不会知道了。妈妈，这都是书上说的，我想，它说得不错。"说这话时，你很平静，很达观，再不是那个在灵灵坟前号哭的小孩子了。

我能感受到你思维的锋利，就像奥卡姆剃刀的刀锋。从那时起，我就心生恐惧：你天生是科学家的胚子，长大后走上科研之路就像水往低处流一样自然。但那恰恰是我要尽力避免的结果，我对你父亲有过郑重的承诺。

在我的担忧中，你一天天长大了。

大妈妈说，戈亮很难适应300年后的世界。其实，戈亮根本不想适应，或者说，他在片刻之间就完全适应了。自从住进我家后，他不出门，不看书，不看电视，不上网，不通电话（当然了，他在300年前的世界里没有朋友和亲人），而且只要不是我挑起话头，他连一句话都懒得说，算得上惜言如金。他每天就爱躺在院里的摇椅上，半眯着眼睛看天空，阴沉沉的样子，就像第一天到这儿的表情一样。这已经成了我家的固定风景。

他就这么心安理得地住下，而我也理所当然地接受了。几天后，我才意识到，其实我一直没有向这个客人发出过邀请，他也从没想过要征求主人的意见，而且住下后颇有些反客为主的架势。我在想，这是怎么了？我为什么会对这个陌生人如此错爱？一个被母亲惯坏的大男孩儿，没有礼貌，把我的殷勤服务当成天经地义，很吝啬，不愿吐出一个"谢"字。不过……我没法子不疼爱他，从他第一次睁开眼、以迷茫无助的目光看着这个世界时，我就把他揽在我的羽翼之下了。生物学家说，家禽幼仔有"印刻效应"，比如小鹅出蛋壳后如果最先看见一只狗，它就会把这只狗看成至亲，它会一直跟在狗的后面，亦步亦趋，锲而不舍。看来，我身上也发生印刻效应了，不过是反向的：戈亮第一次睁开眼看见的是我，于是，我就把他当成我的仔仔了。

我一如既往、费尽心机地给他做可口的饭菜，得到的评价却令我丧气，一般都是：可以吧，我不讲究，等等。我到成衣店挑选衣服，把他包装成一个相当帅气的男人；每晚催他洗澡，还要先调好水温，把洗发香波和沐浴液备好。

说到底，戈亮并不惹人生厌，他的坏脾气只是率真天性的流露，我不会和他一般见识。我真正不满的是他对灵灵的态度。不管灵灵如何亲热他，他始终是冷冰冰的。有一次我委婉地劝他，不要冷了灵灵的心，看它多喜欢你！戈亮生硬地说："我不喜欢任何宠物，见不得它们的奴才相。"

我被噎得倒吸一口气，再次领教了他的坏脾气。

时间长了，我发现，他的自尊心太强，近于病态。他的坏脾气多半由此而来。那天，我又同他讨论时间机器。我已经知道他并不懂时空旅行的技术，很怕这个话题触及他病态的自尊心；但我又抑制不住自己的好奇——作为唯一亲眼看见时空旅行的科幻作家，这种好奇心可以为人理解吧，至少同潘多拉那个女人相比，罪过要轻一些。

我小心翼翼地扯起这个话题。我说，我一向相信时间机器在技术上是可行的，因为理论已经确认了时空虫洞的存在。虽然虫洞里引力极强，所造成的潮汐力足以把任何生物体撕碎，没有哪个宇航员能够通过它，但这只是技术上的困难，而技术上的困难不管再艰巨，总归是可以解决的。比如：可以扫描宇航员的身体，把所得的全部信息送过虫洞，再根据信息进行人体重组——这当然非常困难，但至少理论上可行。

想不通的是哲理。时空旅行无法绕过一个悖论：预知未来和自由意志的悖逆。你从 A 时间回到 B 时间，那么 AB 之间的历史是已经发生的，理论上对于你来说是已知的、确定的；但你有自由意志，你可以根据已知的信息，非要迫使这段历史发生某些改变（否则你干什么千日迢迢地跑回过去？），那么 AB 之间的历史又不确定了，已经凝固的历史就会被搅动。这种搅动会导致更典型的悖论：比如你回到过去，杀死了你的外祖父（或妈妈、爸爸，当然是在生下你之前），那怎么还会有一个未来的你来干这件事？

说不通，没有任何人能说通。

不管讲通讲不通，时空旅行我已经亲眼见过了。科学的信条之一是：理论与事实相悖时，以事实为准。我想，唯一可行的解释是：在时空旅行中，微观的悖论是允许存在的，就像数学曲线中的奇点。奇点也是违反逻辑的，但它们在无比坚实的数学现实中无处不在，也并没因此造成数学大厦的整体崩塌。在很多问题中，只要用某种数学技巧就可以绕过它。

我很想和阿亮（我已经用这个昵称了）讨论这件事，毕竟他是300 年后的人，又乘坐过时间机器，见识总比我强吧。阿亮却一直以沉默为回应。

我对他提到了外祖父悖论，说："数学中的奇点可以通过某种技巧来绕过，那么在时空旅行中如何屏蔽这些'奇点'？是不是有某种法则，天然地令你回避你的父母、祖父母、曾祖父母……使你不可能杀死你的直系亲属，从而导致自己在时空中的湮灭？"

这只是纯哲理性的探讨，我也没注意到措辞是否合适。没想到又一次惹得阿亮勃然大怒。

"变态！你真是个变态的女人！干什么对我杀死父母这么感兴趣？你天生喜欢血腥？"

我恼火地站起来，心想这家伙最好滚得远远的，滚回到300年后去。我回到自己书房，沉着脸发呆。半个小时后戈亮来了，虽然装得若无其事，但眸子里藏着尴尬。他是来道歉的。我当然不会认真和他怄气，便笑笑，请他坐下。

戈亮说："来几天了，还不知道该怎么称呼你。你的生理年龄比我大 9 岁，实际年龄大了 309 岁，按说，你是我的曾曾祖辈了，可你这么年轻，我不能喊你老姑奶吧。"

我回应了这个笨拙的笑话："我想，你不用去查家谱排辈分了，就叫我陈姐吧。"

"陈姐，我想出门走走。"

"好的，我早劝你出去逛逛，看看 300 年前的市容。是你自己开车，还是我开车带你去？噢，对了，你会不会开现在的汽车？300 年，技术差距一定不小吧？"

"开车？街上没有 Taxi 吗？"

我说："当然有，你想乘 Taxi 吗？"他说："是的。"那时我不知道，他对 Taxi 的理解与我不同。而且我犯了一个很笨的错误——他没朝我要钱，我也忘了给他。戈亮出门了，半个小时后，我听见一辆出租车在大门口猛按喇叭。打开门，只见司机脸色阴沉，戈亮从后车窗里伸出手，恼怒地向我要钱。我忙说："哟哟，真对不起，我把这事儿给忘了，实在对不起。"便急急跑回去取钱。我问司机车费是多少，司机没个好脸色，抢白道："这位少爷是月亮上下来的？坐车不知道带钱，还说什么：'没听说坐 Taxi 还要钱，原来天下还有不要钱的出租？'我该当白伺候你？"

阿亮忍着怒气，一副虎落平阳被犬欺的神色。我想，不要钱的出租肯定有的，在 300 年后的街上随处可见，无人驾驶，乘客一上车，电脑便会自动激活，随客人的吩咐任意来去……我无法向司机解释，总不能对他公开阿亮的身份。司机接过钱，仍然不依不饶："又不知道家庭住址，哪个区、什么街、多少号，一概不知道。二十好几的人了，看盘面蛮靓的，不像是傻子呀。多亏我还记得是在这儿载的客，要不你家公子就成丧家犬啦。"他又低声补了一句："废物。"

声音虽然小，我想戈亮肯定听见了，但他隐忍着。我想得赶紧把话头岔开，便问阿亮事情办完没有，他摇摇头。我便问司机包租一天是多少钱。

"200块？给你250块。啊，不妥，这不是骂你二百五吗？干脆给300块吧。你带我弟弟出去办事，他说上哪儿你就上哪儿，完了给我送回家。他是外地人，不识路，你要保证不出岔子。"

司机是个见钱眼开的家伙，立时换了笑脸，连说："好说，好说，保你弟弟丢不了。"我把家庭地址、电话写在纸上，塞到阿亮的口袋里，把剩余的钱也全塞给他。车开走了，我回到家，直摇头。不知道阿亮在300年后是什么档次的角色，至少在现在的世界里真是废物。随之想起他此行的目的，从种种迹象看，他此来准备得很仓促，没有什么周密的计划。到底是干什么来了？纯粹是阔少的游山玩水？那为什么就认准了我家？

过了一会儿，电话响了，是大妈妈打来的。我说："戈亮出门办事了，办什么事他没告诉我。"

那边担心地问："他一人？他可不一定认得路。"

如果这句话是在刚才那一幕之前说的，我会笑她闲操心，但这会儿我知道她的担心并不多余。我笑道："不仅不认路，还不知道付钱。不过你别担心，我已经安排好了。"

"谢谢，你费心啦。我了解他，没有一点儿生活自理能力，这几天里一定没少让你费心。你要多担待。"

还用得着你说？我早就领教了。当然这话我不会对大妈妈说。我好奇地问："客气话就不用说了，请问你是如何从 300 年后给我打电话的？能不能用最简单的话向我解释一下。"

大妈妈犹豫片刻，说这项技术确实复杂，牵涉到很多高深的时空拓扑学理论、多维阿贝尔变换等，一时半会儿说不清。不知道会不会耽误你的时间。

我明白了——她知道我听不懂，这是照顾我的面子。"那就以后再说吧。"我说道。

对方稍停，我发觉到她有重要事要说。那边果然说道："陈影，我想有些情况应该告诉你，否则对你是不公平的。不过请你不必太吃惊，事情并没有表面情况那样严重。"

我已经吃惊了："什么事？到底是什么事？"

"戈亮——回到 300 年前是去杀人的。"

"杀——人?"

"对。一共去了三个人,或者说三个杀手。你是戈亮的目标,这可能是针对你本人,或者是你的丈夫、你的儿子。"她补充道,"你未来的丈夫和儿子。"

我当然大为吃惊。杀手!目标就是我!这些天,我一直与一个杀手住在一个独院内!如果让爹妈知道,还不把二老吓出心脏病。不过,我不大相信,在我看来,虽然戈亮是个被惯坏的、臭脾气的大男孩儿,但无论如何与冷血杀手都沾不上边。说句刻薄话,以他的道行,当杀手还远不够格。大妈妈忙安慰:"我刚才已经说过,你不必太吃惊。这个跨时空暗杀计划实际只是三个孩子头脑发热的产物,不一定真能实行。"

这会儿我忽然悟出,戈亮为什么对"外祖父悖论"那样反感。实际上,他才是变态,一个心理扭曲的家伙,本性上对血腥很厌恶,却违背本性来当杀手。也许(我冷冷地想)他行凶后,我的鲜血会令他到卫生间大呕一顿呢。

"我不吃惊的,我这人一向胆大。说说根由吧,我,或者我的丈夫,我的儿女,为啥会值得300年后的杀手专程赶回来动手。"

大妈妈轻叹一声:"其实,真正目标是你未来的儿子。据历史记载,那个时代有三个最杰出的研究量子计算机的科学家,他是其中之一。这三个人解决了量子计算机的四大难题——量子隐性远程传态测量中的波包塌缩；多自由度系统环境中小系统的量子耗散；量子退相干效应；量子固体电路如何在常态（常温、常压等）中运行量子态——从此量子计算机真正进入实用，得到非常迅猛的发展，直接导致了——'我'的诞生，现在一般称作量子态非自然智能一体化网络，这个名称包括了量子计算机、生物计算机、光子计算机等。"

"这是好事啊，我生出这么一个天才儿子，你们该赶到300年前为我颁发一个一吨重的勋章才对，为什么反而要杀我呢？"

大妈妈在苦笑（非自然智能也会苦笑）："恐怕是因为非自然智能的发展太迅猛了。现在，我全心全意地照料着人们的生活。不过——人的自尊心是很强的。"

虽然她用词委婉，我却立即明白了。在300年后，非自然智能已经成了实际的主人，而人类只落了个主人的名分。大妈妈不光照料着人类的生活，恐怕还要代替人类思考，因为，按戈亮透露出来的点滴情况看，人类智力对那个时代的科技发展已经无能为力了。

大妈妈实际上告诉了我两点：一、人脑不如计算机。不是偶然的落后，而是无法逆转的趋势。二、人类（至少是某些人）已经后悔了，不惜跨越时空，杀死300年前的三个科学家以阻止非自然智能的发展。

在我的时代，人们有时会讨论一个小问题，即人脑和电脑的一个差别：行为可否预知。

电脑的行为是确定的，可以预知的。对于确定的程序、确定的输入参数、确定的边界条件来说，运行结果一定是确定的。所谓模糊数学，就其本质上说也是确定的。万能的电脑所难以办到的事情之一，就是产生真正的随机数字（电脑中只能产生伪随机数字）。

人的行为则不能完全预知。当然，大部分是可以预知的：比如大多数男人见到裸体美女都会心跳加速；一个从小受仁爱熏陶的人不会成为杀人犯；如此等等。但是不能完全、精确地预知：一个姑娘参加舞会前决定挑哪件衣服；楚霸王在哪一刻决定自杀；爱因斯坦在哪一瞬间爆发灵感；等等。

两者之间的这个差别其实没什么复杂的原因，只取决于两个因素：一、组织的复杂化程度。人们已经知道，连最简单的牛顿运动，如果是三体以上，也是难以预知的。而人脑是自然界最复杂的组织。二、组织的精细化程度。人脑的精细足以显示出量子效应。总之，人脑组织的高度复杂化和精细化就能够产生自由意志。

旧式计算机在复杂化和精细化上没达到临界点，而量子计算机达到了。戈亮后来对我说，量子计算机的诞生完全抹平了人脑和电脑的差别——不，只是抹去了电脑不如人脑的差别，它们从此也具备了直觉、灵感、感情、欲望、创造力、自主意识等这类本属于人类的东西。而人脑不如电脑的那些差别，不但没被抹平，反而被爆炸性地放大：比如非自然智能的规模（可以无限拓展）、思维的速度（光速）、思维的可延续性（没有生死接替）、接口的透明，等等。这些优点，自然智能根本无法企及。

量子计算机在初诞生时，只是被当作技术性的进步，并没被看作天翻地覆的大事件。但它的多米诺骨牌效应很快就显现了。电脑成了大妈妈，完全操控着文明（注意，不再是人类文明）的航向。人类仍被毕恭毕敬地供在庙堂之上，只不过成了傀儡或白痴皇帝。戈亮激愤地说："说白了，人类现在只是大妈妈的宠物，就像灵灵是你的宠物一样。"——我终于知道戈亮为什么讨厌灵灵了！

所以，三个热血青年决定，宁可毁掉这一切，让历史倒退300年，至少人们可以做自己的主人。

我紧张地思索着，不敢完全相信大妈妈的话。像戈亮一样，我在大妈妈面前也有自卑感，对她的超智力有深深的畏惧。她说的一切都合情合理，对我坦诚以待，对戈亮爱心深厚，毫无怨怼——但如果这都是假象？我相信大妈妈的智力能轻易玩弄我于股掌之中。

我尽量沉住气仔细探问："你说戈亮其实不是来杀我，而是杀我的儿子。"

"对，有多种方法，他可以杀掉将成为你丈夫的任何男人，可以破坏你的生育能力，可以杀掉你儿子，当然，最可靠的办法是现在就杀掉你。"

我尽量平淡地问道："为什么不早告诉我呢？戈亮已经来了一星期，也许你的警告送来时我已经变成一具尸体了。"

"我想他不一定会真的付诸实施，至少在一个月内不会。我非常了解他：善良，无私，软心肠。他们三人是一时的冲动，其实并不知道自己在干什么。恐怕是 300 年前的美国科幻片看多了吧。"她笑着说，有意冲淡这件事的严重性，"我希望这最好是一场虚惊，他们到 300 年前逛一趟，想通了，再高高兴兴地回来。我不想让他在那个时代受到敌意的对待。不过——为你负责，我决定还是告诉你。"

一个疑点从我心底浮上来："戈亮他们乘时间机器来——他对时间机器一窍不通——机器是谁操纵的？他们瞒着你偷了时间机器？"

"当然不是。他们提出要求，是我安排的，是我送他们回去的。"

"你？送三个杀手回到 300 年前，杀掉量子计算机的奠基人，从而杀死你自己？"

"我永远是人类忠实的仆人，我会无条件地执行主人的一切命令。如果他们明说是返回过去杀人，我还有理由拒绝，但他们说只是一趟游玩。"她平静地说，"当然，我也知道自己不会被杀死。

并不是我能精确地预知未来，不，我只知道已经存在的历史，知道从你到我这300年的历史。但是，一旦有人去干涉历史，那个'过去'对我来说也成了未来，不可以预知。我只是相信一点：一两个人改变不了历史的大进程。个人有自由意志，人类没有。"

停了一停，她继续说道："据我所知，你在文章里表达过类似的观点，虽然你的看法还没有完全条理化。陈影，我很佩服你的。"

我没有被杀。你爸爸没有被杀。也没人偷走我的子宫，摘除我的卵巢。你平安降生了。你不知道那一刻我心中是多么欣慰。

一个丑陋的小家伙，不睁眼，哭声理直气壮，嘹亮如歌。只要抱你到怀里，你就急切地四处拱奶头，拱到了就吧唧吧唧，如同贪婪的蚕宝宝。你的吮吸让我腋窝中的血管发困，那是一种特殊的快感。我能感到你的神经和我的是相通的。

你是小崽崽，不是小囡囡。这没有什么好奇怪的，本来生男生女有对等的概率，男女在科学研究中的才智也没有高下之分。但我对这一点一直不安——戈亮和大妈妈都曾明确预言我将生儿子，这么说，历史并没有改变？

不，不会再有人杀你了，因为我已经对杀手做出了承诺：让你终生远离科学研究。人是有自由意志的，我能做到这点。

但我始终不能完全剡掉心中的惧意。我的直觉是对的，30年后，死神最终追上了你，就在你做出那个科学突破之前。

大妈妈通报的情况让我心乱如麻。心乱的核心原因是：我不知道拿那个家伙怎么办。如果他是一个完全冷血的杀手倒好办了，我可以打110，或者在他的茶饭里加上氰化钾。偏偏他不是。他只是一个想扮演人类英雄的没有经验的演员，第一次上舞台，还有点儿手足失措，刻薄一点儿说是志大才疏。但他不失为一个令人疼爱的大孩子，他的动机是纯洁的。我拿他怎么办？

我和大妈妈道别，挂断电话，站在电话机旁发愣。眼前好像站立着戈亮的妈妈（真正的人类妈妈），50岁左右的妇女，很亲切，很精干，相当操劳的模样，非常溺爱孩子，对孩子的乖张无可奈何。我从直觉上相信大妈妈说的一切，但内心深处仍有一个声音在警告自己：不能这么轻信。毕竟，甘心送戈亮他们回到过去从而杀死自己，即使是当妈妈的，做到这个份上也太离奇了。至于我自诩的直觉——少吹嘘什么直觉吧，那是对人类而言，对人类的思维速度而言。现在，你面对的是超智力，她能在一微秒内筛选100种选择，在一纳秒内做出正确的表情，在和你谈话的同一瞬间并行处理十万件其他事件。你在她面前还奢谈什么直觉？

我忽然惊醒了：戈亮快回来了，我至少得做一点准备吧。报警？我想，还没到那份上，派出所的警察大叔们恐怕也不相信什么时空杀手的鬼话。准备武器？屋里只有一把维吾尔族的匕首，是我去新疆英吉沙旅游时买的，很漂亮，锃亮的刀身，透明有机玻璃的刀把，刀把端部镶着吉尔吉斯的金属币——只是一个玩具，我从来都是把它当玩具，今天它要暂时改行回归本职了。我把它从柜中取出，压在枕头下，心中摆脱不了一种怪怪的感觉：游戏，好笑。我不相信它能用到戈亮身上。

好，武器准备好了，现在该给杀手做饭去了，今天给他做什么样的饭菜？——想到这里，我忍不住神经质地大笑起来。

门口有喇叭声。这回，司机像换了一个人，非常亲热地和我打招呼，送我名片，说以后用车尽管找他。看他前倨后恭的样子，就知道他这趟肯定没少赚。戈亮手中多了一个皮包，进门后吩咐我调好热水，他要马上洗澡。他皱着眉头说外边太脏，21世纪怎么这么脏？这会儿我似乎完全忘了他是杀手，像听话的女佣一样，为他调好温水，备好换洗衣服。戈亮进去了，隔着浴室门传来哗哗的水声。他的皮包随随便便地留在了客厅。我忽然想到，应该检查一下皮包，这不是卑鄙，完全是必要的自卫。

我一边为自己做着宽解，一边侧耳听着浴室的动静，悄悄打开皮包。里面的东西让我吃一惊：一把锋利的匕首，一把仿五四手枪！他真的搞到了凶器，这个杀手真要进入角色了！不清楚凶器是从什么地方买的，听说有卖枪的黑市，一定是那个贪财的司机领他去的。

　　我数数包里的钱，只剩下200多元。走时，我塞给他3000多元呢。不知道一支手枪的黑市价是多少，估计司机没少揩油。这是一定的，那么个财迷，碰见这样的呆鹅还不趁机猛宰。

　　瞪着两把凶器，我不得不开始认真对待大妈妈的警告。想想，这个凶手太有福气，一个被害人（大妈妈）亲自送他回来，远隔300年还在关心他的起居；另一个被害人（我）与他非亲非故，却要管他吃管他住，还掏钱帮他买凶器。而凶手呢，心安理得地照单全收。一句话，我们有些贱气，而他未免脸皮太厚了！

　　但是很奇怪，不管心中怎么想，我没有想到报警，更没打算冷不防地捅他一刀。我像魇住了一般。过后，我对此找到了解释：我内心认为这个大男孩儿当杀手是角色反串，非常吃力的反串，他不会付诸实施什么的。这两件刀枪不是武器，只是道具。连道具也算不上，只是玩具。

　　你很小就在玩具上表现出过人的天才——反应敏锐，思维清晰，对事物的深层联系有天然的直觉和全局观。五岁那年，你从我的旧书箱中扒出一件智力玩具：华容道。那是一个很简单的玩具，一个方框内挤着曹操（个头最大，是2cm×2cm的方块），四员大将（张飞、赵云、马超、黄忠，都是2cm×1cm的竖条），关羽（是1cm×2cm的横条）。6个人把华容道基本挤满了，只剩下 1cm×2cm 的空格，你要借着这点空格把棋子挪来倒去，从华容道里救曹操出来。这个玩具看起来简单，玩起来难，非常难，当年曾经难煞我了，主要是关羽难对付，横刀而立，不管怎么挪，他都挡着曹操的马蹄。半月后，我最终走通了，走通的一刻曾欣喜若狂。

你拿来问我该怎么玩，我想了一会儿，发现已经把走法忘得干干净净。我只是告诉你规矩，你自己试着来吧。我知道，对于一个五岁的孩子，这个玩具的难度是大了一些。你拿起华容道窝在墙角，开始认真摆弄。那时，我还在暗笑，心想这个玩具能让你安静几天吧。但 20 分钟后你来了，说："妈妈，我走通了。"我根本不信，不过没把怀疑露出来，说："真的吗？给妈妈再走一遍，妈妈还不会呢。"你走了起来，各步走法记得清清楚楚，挪子如飞，大块头的曹操很快从下方的缺口处走了出来。

你那会儿当然也是欣喜的，但并不似我当年的狂喜。看来，这件玩具对你而言并不太难，你也没把它看成多大的胜利。

我看着你稚气的笑容，心中涌出深沉的惧意。我当然高兴儿子是天才，但"天才"二字难免和"科学研究"有天然的牵连。我可对杀手发过重誓：决不让你研究科学，尤其是量子计算机。我会信守诺言，尽自己的最大能力来引导你。但——也许我拗不过你？我的自由意志改变不了你的自由意志？

　　在那之后有一段时间，你对智力玩具入了迷，催着我、求着我为你买来很多，魔方、七连环、九连环、八宝疙瘩、魔球、魔得乐，等等，没有哪一种能难倒你。我一向对智力玩具的发明者由衷钦佩，智力玩具不像那些系统科学，如解析几何、光学、有机化学，它们是系统的，是多少代才智的累积，后来者可以站在巨人的肩上去攀摘果实。所以，即使是中等才智，只要非常努力，也能达到足够的深度。而发明智力玩具纯粹是天才之光的偶然迸射，没有这份才气，再努力也白搭，或者是零分，或者是 100 分，没有中流成绩；玩智力玩具也多少与之类似，我甚至建议拿它作标准来考察一个人的本底智力，我想那是最准确的。所以，你的每次成功都使我的惧意增加一分。

　　那些天，我常常做一个相同的梦：你在攀登峭壁，峭壁是由千万件智力玩具垒成的，摇摇欲坠。但你全然不顾，一阶一阶地向上攀爬。每爬上一阶，就会回头对我得意地笑。我害怕，我想唤你、劝你、求你下来。但我喊不出声音，手脚也不能动弹，只能眼睁睁地看着你往高处爬呀，爬呀，你的身影缩成了芥子，而峭壁的重心已经偏移，很快就要訇然坍塌……然后，我突然惊醒，嘴里发苦，额上冷汗涔涔。我摸黑来到隔壁房间，见你在小床里睡得正香。

亲眼看到戈亮备好的凶器后，我还是一如既往地照料他，做饭，为他收拾床铺，同他闲聊。我问他，300年后究竟是怎样的生活。如果对时空旅行者没有什么职业道德的要求的话（科幻小说中常常设定：时空旅行者不得向"过去"的人们泄露"未来"的细节），请他对我讲一讲，我很好奇。他没说什么"职业道德"，却也不讲，只是懒懒地应了一句："没什么好讲的。"

　　我问："你妈妈呢？不是指大妈妈，是说你真正的妈妈。她知道这趟旅行吗？"

　　我悄悄观察他对这个问题的反应。没有反应。他极简单地回答："我没妈妈。"

　　不知道他是孤儿，还是那时已经是机械化生殖了。我没敢问下去，怕再戳着他的痛处。

　　后来，我们道过晚安，回去睡觉。躺在床上后，我揶揄自己：你真的走火入魔了啊！竟然同杀手言笑晏晏，和平共处。而且，我竟然很快入睡了，并没有紧张得失眠。

　　不过，夜里我醒了。屋里有轻微的鼻息声，我屏住呼吸仔细辨听，没错。我镇静地微睁开眼，透过睫毛的疏影，看见戈亮站在夜色中，就在我的头顶，一动不动，如一张黑色的剪影。他要动手了！一只手慢慢伸过来，几乎触到我的脸，停住，我甚至能感觉到他手指的热度。我想，该不该摸出枕下的匕首，大吼一声，捅过去？我没有，因为屋子的氛围中感觉不到丝毫杀气，反倒是一片温馨。很久之后，他的手指慢慢缩回去，轻步后退，轻轻地出门，关门。走了。

我一人发呆。他来干什么？下手前的踩点儿？似乎用不着吧，可以肯定的是，他这次没有带凶器。我十分惊诧于自己的镇定，临大事有静气，泰山崩于前而色不变。这份胆气，即便是去做职业杀手也绰绰有余了，怎么也比戈亮强。

我苦笑着摸摸自己的脸颊，似乎还能感受到那个手指所留下的温暖。

一个人照料孩子非常吃力，特别是你两三岁时，常常闹病，高烧，打吊针。你又白又胖，额头的血管不好找，总是扎几次才能扎上。护士见你来住院就紧张，越紧张越扎不准。扎针时，你哭得像头凶猛的小豹子，手脚猛烈地弹动。别的妈妈逢到这种场合就躲到远处，让爸爸或爷爷（男人们心硬一些）来摁住孩子的手脚。我不能躲，我含泪地摁着你，长长的针头就像扎在我心里。

一场肺炎终于过去了，我也累得散了架。晚上和你同睡，大病初愈的你特别亢奋，不睡觉，也不让我睡，缠着我给你讲故事。我实在太困了，说话都不连贯了，讲着讲着你就会喊起来："妈妈你讲错啦！你讲错啦！你咋乱讲嘛！"我实在支撑不住了，因极度困乏而暴躁易怒，凶狠地命令你住嘴，不许再打搅妈妈。你张着嘴巴要哭，我恶狠狠地吼道："不许哭！哭一声我捶死你！"

你被吓住了，缩起小身体不敢动。我于心不忍，但瞌睡战胜了我，很快便睡着了。不知道睡了多长时间，似睡非睡中好像有东西在摩挲我的脸。我勉强睁开眼，是你的小手指——那么娇嫩柔软的手指，胆怯地摸我的脸，摸我的乳房，摸一下，缩回去，再摸。在那一瞬间我仿佛回到了三年前，似乎感受到戈亮的手指在我脸颊上留下的温暖。

看来你是不甘心，自己睡不着而妈妈呼呼大睡，想把我搅醒又有点儿胆怯。我感到又好气又好笑，决定不睬你，转身自顾睡觉。不过，你的胆子慢慢大起来，摸了一会儿见我没动静，竟然大声唱起来！你用催眠曲的曲调唱着："小明妈妈睡着喽！太阳晒着屁股喽！"

我终于憋不住了，突然翻过身，抱着你猛亲一通："小坏蛋，我叫你唱，我叫你搅我瞌睡！"你开始时很害怕，但很快知道我不是发怒，于是搂着我脖子，"咯咯咯"地笑起来，笑得喘不过气了。

真是天使般的笑声啊。我的心醉了，困顿也被赶跑了。我搂住你，絮絮地讲着故事，直到你睡熟。

第二天早饭，戈亮向我要钱。我揶揄地想：进步了啊，出门知道要钱了。我问他到哪儿去，他说看两个同伴，时空旅行的同伴。

两个同谋，同案犯。我在心里为他校正，嘴里却在问："在哪儿？我得估计需要多少费用。"他说一个在以色列的特拉维夫，一个在越南的海防市。我皱起眉头："那怎么去得了？出国得申请办护照，很麻烦的，关键是你没有身份证。"

"我有的，身份识别卡，在这儿。"他指着右肩头。

我在那儿摸到一粒谷子大小的硬物，摇摇头："不行的，那是300年后的识别卡，在这个时代没有相应的底档。而且，现在使用纸质身份证。"

我与他面面相觑。我小心地问（怕伤了他的自尊心）："难道你一点不知道300年前的情况？你们来前没做一点准备？"舌头下还压着一句话："就凭这点道行，还想完成你们的崇高使命？总不能指望被杀对象事事为你想办法吧？"

戈亮脸红了："我们走得太仓促，是临时决定，催着大妈妈立即启动了时间旅行器。"

我沉默了，生怕说出什么话来刺伤他。过了一会儿，他闷闷地说："真的没办法？"

"去以色列真的没办法，除非公开你的身份，再申请特别护照。那是不现实的。去越南可以吧，旅游团队很多。我给你借一张身份证，或许能混过去。你可以随团出去，再自由活动，只要在日程之内随团回国，好像是可以通融的。我找昆明的朋友安排。"

他闷闷地说："谢谢。"扭头回了自己屋。

我心中莞尔：这孩子进步了，知道道谢了。自从他到我家，这是第一次啊。

我很快安排妥当，戈亮第二天就走了。让这个家伙搅了几天，乍一走，屋里空落落的，我反倒不习惯了。现在，我可以静下心来想想，该如何妥善处理这件事？我一直在为他辩解：他的决定是一时冲动，是不切实际的空想，很可能不会付诸实施的。而且——也要考虑到动机是高尚的，说句自私的话吧，如果不是牵涉到我的儿子，说不定我会和他同仇敌忾、帮他完成使命。毕竟我和他是同类，而大妈妈是异类。即使到了现在，我相信也可以用爱心感化他，把杀手变成朋友。

但晚上看到的一则网上消息打破了我的自信：以色列特拉维夫市的一名天才少年莫名其妙地被杀害，他今年13岁，已经是耶路撒冷大学的学生，主攻量子计算机的研究。凶手随即饮弹自毙，身份不明，显然不是以色列人，高效率的以色列警方至今查不到他进入国境的任何记录。

网上还有凶手的照片，一眼看去，我就判定他是戈亮的同伴或同谋——极健美的身躯，落难王孙般的高贵和郁郁寡欢，懒散的目光。我不知道大妈妈是否警告过被杀的少年或其父母，但看起来，无所不能的大妈妈并不能掌控一切。

现在我真正感到了威胁。

七天后，戈亮返回，变得更加阴沉少语。我想他肯定知道了在以色列发生的事。那位同伴以自己的行为、自己的牺牲树立了榜样，催促他赶快履行自己的责任。这会儿，他正在沉默中淬硬自己的感情，排除本性的干扰，准备对我下手了。我像个局外人而非被杀的目标，冷静地观察着他。

我问他有什么打算，是不是要多住一段时间。如果他决心融入"现在"，那就要早做打算。

戈亮又发怒了："你是要赶我走吗？"

我冷冷地说："你已经不是孩子了，话说出口前要掂量一下，看是否会伤害别人。你应该记住，别人和你一样，也是有自尊心的。"

我撇下他，回到书房。半个小时后他来了，认真地向我道歉。我并没有打算认真同他怄气，也就把这一页掀过去了。午饭时，他直夸我做的饭香，真是美味。我忍住笑，说："我叫你学礼貌，可不要学虚伪，我的饭真的比300年后的饭好吃？"他说："真的，一点不是虚伪，我真想天天吃你做的饭。"我笑道："那我就受宠若惊了。"

就在那天下午，他突然对我敞开心扉，说了很多很多。他讲述着，我静静地听。他说300年后世界上到处是大妈妈的大能和大爱，弥天漫地，万物浸于其中。大妈妈掌控着一切，包括推进科学，因为人类的自然智力同她相比早就不值一提了；大妈妈以无限的爱心为人类服务，从生到死，无微不至。人类是大妈妈心爱的宠物，比我宠灵灵更甚。我如果心情不好，可以踢灵灵一脚；大妈妈绝对不会的，她对每个人都恭谨有加。她以自己的高尚衬托出人的卑微。生活在那个时代真幸福啊，什么事都不干，什么心都不用操。

"所以我们三个人再也忍不住了，决定返回 300 年前，杀死几个科学家，宁愿历史倒退 300 年。"他突兀地说。

他只是没明说，要杀的人包括我儿子。

我想再证实一下大妈妈说过的话。我问道："大妈妈知道你们此行的目的不？"

"我们没说，但她肯定知道，瞒不过她的。没有什么事能瞒过她。"

"既然知道，她还为你们安排时空旅行？"

戈亮冷笑："她的誓言是绝对服从人类。"

那么，大妈妈说的是实情。那么，三个大男孩儿是利用她的服从来谋害她，这种做法——总好像不大地道，虽然我似乎应该站在戈亮的立场上。

还有，不要忘了，他们杀死大妈妈，是通过杀我儿子来实现的。

很奇怪，从这次谈话之后，戈亮那个行动计划的时钟完全停摆了。他把凶器顺手扔到墙角，从此不再看一眼。他平心静气地住下来，什么也不做，真像到表姐家度假的男孩。我巴不得他这样，也就不再过问。春天，小草长肥了，柳絮在空中飘荡，还有看不见的春天的花粉。戈亮的过敏性鼻炎很厉害地发作了，一连串的喷嚏，止不住的鼻涕、眼泪，眼结膜红红的，鼻黏膜和上呼吸道痒得令他发疯，最厉害时晚上会一直喘，这一切弄得他萎靡不振。

他看似健美的身体实际上中看不中用。戈亮说，300 年后 85% 以上的人都过敏，无疑太过娇惯了。当然，那时不用你担心，大妈妈会为你提供净化过的空气，提醒你服用高效的激素药物。还是有妈的孩子幸福啊！

我很心疼他，带他去变态反应科看病，打了针，又用伯克宁喷鼻剂每天喷着，总算把病情控制住了。这天，北京那边来电话，北大和清华的科幻节定在两天后举办，我是特邀嘉宾之一，答应过要出席的，现在该出发了。灵灵我已安排好，让邻居代养着。现在的问题是戈亮怎么办。像他这样没有一点自理能力，留在家里怕是要饿死的，烙个大饼套在脖子里也只知道啃前边那块。我只好带他一块去了。当然，我没说饿死不饿死的话，只是说："跟我去吧，你想，带一个未来人参加科幻节多有意义啊。不过你放心，我会把这意义埋在心底，决不会透露你未来人的身份。"阿亮无可无不可地说："行啊，跟你去。"

两校科幻节的日程安排得很紧，本来可以合在一起开的，但（接待的肖苏说）北大和清华都很牛，会场放在哪一家，另一家就会觉得没面子。这么着只好设两个会场。国内有名的科幻作家都来了，A老师，B老师，C老师，我都很熟的。共三个女作者，其他两人家在北京，所以给我安排了一个单间，带套间的那种，于是我让戈亮也住在这儿了。一来我想省几个住宿费，二来，也方便就近照顾他。戈亮来我家后，已经让我的花销大大超支。我知道，这么安排肯定有人用暧昧的眼光看我们，但我不在乎。

晚上，我照例为戈亮调好水温，让他进去洗澡。学生们来了，有北大科幻协会会长刘度，清华科幻协会会长董明，负责此次会务的姑娘肖苏。刘度进来就笑："久仰久仰，没想到陈老师这么年轻漂亮。读你的小说，我总以为你是80岁的老人，男的，白须飘飘，目光苍凉，麻衣草履，爱在蒲团上瞑目打坐。"

我说："你是骂我呢，我的小说一定非常沉闷、乏味、老气横秋，对吧。"

刘度笑："不不，哪能呢，绝对说不上沉闷乏味，老气横秋倒是有一点儿。不过还是换个褒义词吧，那叫，沧桑感。"

正说着，戈亮出来了，只穿着三角裤，一身漂亮的肌肉，对客人不理不睬的，径直回他的套间里去穿衣服。几个学生看看他，互相交换着目光，肯定是各有想法，屋里的谈话因此有片刻的迟滞。

我忙说："我的表弟。非要跟我来看看优质的大学。这是所有年轻人心中的圣地。你们是天之骄子啊，人中的精英。刘度，听说你考上北大前，高考期间还写了部10万字的科幻小说？董明，听说你在高中就精通两门外语？"他们笑着点头，董明纠正是"粗通而已"。"我真的非常佩服你们的精力和才气。和你们比，我已经是老朽了。真的，到你们这里办讲座，我很自卑的。"

肖苏笑了："我们才自卑呢。我们既勇敢又自卑：克服了自卑，勇敢地参加科幻协会。你知道，在大学里，尤其是优秀的大学，科幻被认为是小毛头们才干的事。不过，我们舍不下从中学里就种下的科幻情结。"

我感叹着："天哪，优秀的学生说自卑，还让我活吗？我这就自杀，你们别拦。"

他们都笑了。不过，第二天在会场上，我对他们的自卑倒是有了验证。那天在北大的一个学术报告厅，参加的学生有近300人，北京各高校的科幻协会都派了代表。A、B、C 等作家全数到场，在讲台上坐了一排。戈亮被安排到下边第一排坐下。可能是赴京途中受了刺激，他的过敏性鼻炎又犯了，大厅中不时响起旁若无人的响亮的喷嚏声。

我们没料到，讲座刚开始就有一个"反科幻"的学生搅场，他第一个发言，说："我今天是看到你们的海报，顺便进来听听的。我从来不看科幻作品，我认为科幻就是胡说八道。"

满场默然，没有一个科幻迷起来反驳。科幻作家们也不好表态，只有Ａ老师回了两句，但也过于温和了。我不知道满座的沉默是什么原因：是绅士风度，还是真的自卑？

我忍不住要过话筒："对这位同学的话，我想说几句。王朔曾在一篇文章中说，他从来不看金庸的武侠小说，因为金庸的武侠小说如何如何糟糕。在此我想说，包括这位同学：你们完全可以决定不看什么作品，可以讨厌它，那是你们的自由，没人会干涉。但如果你们想在文章中，或在大庭广众中，公开指责这些作品，那就必须先看过再批驳，否则就是对读者和听众的不尊重。也恰恰显露了你们的浅薄。"

会场中有轻微的笑声。没人鼓掌。我又在想那个问题：宽容还是自卑，也许两者都有吧。我看看戈亮，他在用目光对我表示支持（那一刻我真想把他的身份公之于众！）。不过那个搅场者还是有羞耻心的，几分钟后悄悄溜出了会场。

会场的气氛慢慢活跃起来了，学生们提了很多问题，不外是问各人的创作经历，软、硬科幻的分别，等等。台上的作家轮流作答。有这几位大腕作家挡阵，我相对清闲一些。后来一个女生——是负责会务的肖苏——点了我的将："我有一个问题请陈影老师回答。杨振宁先生曾说过，科学发展的极致是宗教。请问你如何理解这句话？"

我有点慌乱，咽了口唾沫："这个问题太大，天地都包含其中了，换个人回答行不？我想请 A 老师或 B 老师回答，比较合适。"

那两人促狭地说："啊不，不，你回答最合适，忘了你的笔名是女娲？补天的女娲肯定能回答这个问题。大家欢迎她，给她一点掌声！"

在掌声中，我只好理一理思路，说："杨振宁先生的原话是：科学发展的终点是哲学，哲学发展的终点是宗教。不过肖苏同学已经做了简化，那我也把哲学抛一边吧。我想，科学和宗教的内在联系，第一当然是对大自然的敬畏。科学已经解答了'世界是什么样子'，但还没有解决'为什么世界是这个样子'。我们面对的宇宙有着非常严格、非常简洁、非常优美的规律——为什么是这样？为什么不是一个乱七八糟、毫无秩序的世界？谁是宇宙的管理者？在宇宙大爆炸之前，是谁事先定出宇宙演化必须遵循的规律？不知道。所以，科学越是昌明，我们对大自然越是敬畏，类似于信徒对上帝的敬畏。关于这一点有很多科学家诠释过，我不想多说了。"

我喝了口水，继续说："我想说的倒是另一点，人们不常说的，那就是：科学在另一种意义上复活了宿命论。不对吧，科学就是最大程度地释放了人的能动性，怎么能和宿命扯到一块儿？别急，听我慢慢道来。当科学的矛头对外（变革客观世界）时，没有宿命的问题。科学已经帮助人类变得无比强大，逐渐进入自由王国。当然，也让人们知道了一些终生的禁行线，比如不能超越光速，不能有永动机，粒子的测不准，熵增不可逆，不能避免的宇宙灭亡（这一点已经有点宿命论的味道了），等等。但一般来说，这些禁行线对人类心理没有什么伤害。

　　"如果把科学的矛头对内，对着人类自己，麻烦就来了。自指就会产生悖论，客观规律与能动性的悖论。我们常说：随着科学的发展，人类终将完全认识人类文明的发展规律——这句话是什么意思？翻译过来就是：人类殚精竭虑，胼手胝足，劈开荆棘，推开浮沙，终于找到了正确的文明之路，它平坦，坚实，用整块花岗岩铺成，上面镌着上帝的圣谕：此路往达自由王国，尔等沿此路前行，不得越雷池半步——这就是我们追求的自由？一个和宇宙一样大的玩笑。"

　　台下嘈杂声中夹着响亮的喷嚏。我忽然想到，这次带戈亮来，带对了，我正可把这个问题回答透彻，也许能解开他的心结。

　　我笑着说："听下边的动静是不服？我继续说。以上是纯逻辑性的玄谈，下面说实证。实证太多，举不胜举。比如克隆人，大家都知道，克隆人的出现将极大地冲击人类的道德伦理体系。国际社会一致反对克隆人，联合国最近还通过了一个公约（虽然没有约束力）。但能挡得住克隆人吗？人类意志之外的某种力量必将使我们走上'上帝划定之路'。其实，有没有克隆人还是个小疥癣，如果对医学来个整体的反思，我们会发现一些根本性的悖逆。"我介绍了网上那位菩提老祖的异端的观点，"这么说吧，医学实际上只对人类个体的生存质量有利，而对整个人类种族的繁衍无益，甚至有害。不过，即使我们承认这一点，文明之路也绝不会改变，我们命定要走这条路，靠医学而不是靠自然选择来保障种群的繁衍。

　　"再说战争。战争是人类社会的怪胎，兽性随着文明的进步而同步强化。在这点上我们比野兽可强多了，兽类也有同性相残，偶尔有过杀行为，但哪里比得上人类这样专业，这样波澜壮阔！我是个和平主义者，我相信人类中的智者都憎恶战争。但是，人类意志之外的某种东西推着我们往这条路上走。作为个人，你尽可以反战、拒服兵役，甚至以自焚抗议战争。但作为整体，人类文明必然和战争密不可分。现在，假定有了时间机器——顺便宣布一则消息，人类将在2307年前发明时间机器，这是确实消息，请在场的人做好记录。说不定已经有人乘坐它来今天开会呢。"

　　大家以为我是幽默，哄堂大笑。我看看戈亮，他得意的目光闪动着。

"假如有了时间机器，坚定的和平主义者作为强者回到过去，回到人类先祖走出非洲那一刻，对那些蒙昧人严加管束，谆谆教导，把'战争'两个字从他们头脑中完全挖除，然后，一万年的人类历史便是一万年的和平史——这可能吗？我想在座的各位没人会相信吧？

"战争也许有一天终能消灭，但其他罪行，如强奸、谋杀、盗窃、暴力、自杀等，就更不能根除了，它们将相伴人类终生。为什么会这样？如果人类没有原罪，一片光明，那该多么令人向往！不过，那只能是完美主义者的幻想。"

我停了片刻，"再说人工智能的发展。"我有意把这个话题放在最后。我看着第一排的阿亮，这番话主要是对他说的："我历来不认为人类智能比人工智能高贵。它们都是物质自组织的产物，当自组织的复杂化程度和精细化程度达到临界点，就会产生智慧，没有，也不需要有一个外在的上帝为它吹入灵魂。所以，总有一天，非自然智能会赶上和超过人类，我对这一点毫不惊奇。当然，大多数人接受不了这一点，不愿意非自然智能代替人类成为地球的主人，这种看法算不上顽固保守，这是我们的生存本能决定的。那我们赶紧行动起来，来个全球大串联，砸碎全世界所有的电脑，彻底根除后患，解放全人类——这可能吗？你们说可能吗？谁都知道答案的。个人有自由意志，人类就整体而言并无自由意志。我们得沿着客观规律所决定的路前行。所谓'人类的自由意志'只是一个完美的骗局。"

学生们显然不信服我的话，这从他们的目光中就能看到。不过，我不在乎，我只在乎阿亮的反应。如果这番话多少能疏解他的心结，我就满意了。

命定之路是不能改变的，不管阿亮他们三位做出怎样的牺牲。但个人有自由意志。我可以让你远离科学。

这样做很难。你天生是科学家的胚子。记得，童年到少年时，你就常常提一些怪问题，让我难以回答。你问："妈妈，我眼里看到的山啦，云啦，大海啦，和你看到的是不是完全一样？"你问："光线从上百亿光年远的星星跑到这儿，会不会疲劳？"你问："男女的性染色体是 XX 和 XY，为什么不是 XX 和 YY 呢，因为从常理推断，那才是最简洁的设计。"

初中，你迷恋上了音乐，但即使如此，那也是从物理角度的迷恋。你问："为什么各民族的音乐都是八度和音？这里有什么物理原因？""外星人的音乐会不会是九度和音、十度和音？""人和动物、甚至植物都喜欢听音乐，能产生快感，这里有没有什么深层的联系？"

不管怎么说，我终于发现了音乐可以拴住你的心。我因势利导，为你请了出色的老师，把你领进音乐的殿堂。高考时，你考上了中国音乐学院的作曲系。你在那儿如鱼得水，大二时的作品就已经有全国性的影响。音乐评论界说你的《时间与终点》（书名更像物理学论文的篇名，而不像是乐曲的篇名）有"超越年龄的深沉和苍凉"，说它像《命运交响乐》一样，在它的旋律中能听到命运的敲门声。

我总算吁了一口气。

从北大到宾馆路不远，我们步行回去，刘度他们同我告别，让肖苏送我俩。一路上阿亮仍没话，有点发呆，也许我在会场上说的话对他有所触动。肖苏一直好奇地观察着他，悄悄对我说："你表弟有一种很特殊的气质。"我说："什么气质？"她说："不好说，很高贵那种，就像是英国皇族成员落到非洲土人堆里那种感觉。""他比你小七八岁吧，这不算缺点。"我有些发窘，说："你瞎想什么呀，他真是我的表弟。"肖苏咯咯地笑了："你不必辩白，我不打听个人隐私。"

平心而论，我带着这么一个大男孩儿出门，又同居一室，难免令人生疑的。我认真地说："真不是你想象的姐弟恋。如果是，我会爽快承认的，我又不是歌星影星，要捂着自己的婚事或恋情，怕冷了异性歌迷的心。实话说吧，他是 300 年后来的未来人，乘时间机器来的。"

"那好哇，未来人先生，让我们握握手。"

阿亮同她握手，问她："今天会场上，我陈姐答出了你的问题吗？"

肖苏笑道："非常有说服力，我决定退出科幻协会，正考虑皈依哪种宗教呢。"她转回头看向我，"陈老师说得真好。"

我说："喊陈姐，我听着'老师'别扭。"

"陈姐，你今天说的：个人有自由意志，人类整体没有自由意志，让我想起了量子效应的坍缩。微观粒子的行为不可预测，它们可以通过量子隧道到达任何地方，可以从真空中凭空出现虚粒子，等等。有时想想都害怕，原来我们眼前所有硬邦邦的实体，都是由四处逃逸的幽灵组成！但大量粒子集合之后，这些'自由意志'就突然消失了，只能老老实实地遵照宏观物体的行为规则，一个弹子不会从真空中突然出现，我们的身体也不会穿过墙壁。你看，这和你说的人类行为是不是很类似？我知道量子行为和人类行为风马牛不相及，但两者确实相像。"

我说没什么难理解的，一点也不高深，都不过是一个概率问题。大量个体的集合，把概率较小的可能性抵消了，只有概率最大的可能性才能表现出来。

"不过陈姐，我总觉得你的看法太消极，如果人类走的是命定之路，那我们都可以无所作为了，反正是命定的嘛。"

"恰恰相反。这条路命定了大多数的人会积极进取，呕心沥血地寻找那条命定之路。看破红尘而自杀的只会是少数，就算它们是有自由意志的'量子'吧。"

"又一个悖论。一个怪圈。"

我们都笑。我说："打住吧，不要浪费良辰美景了，这种讨论最终会陷入玄谈。"阿亮停下来，仰面向天，一连串响亮的喷嚏喷薄而出。我担心地说："哟，鼻炎又犯了吧，今天不该让你出来活动的。快用伯克宁。"

阿亮眼泪汪汪，说："在宾馆里，忘带了。"

我暗自摇头，他连自己的事也不知道操心："怪我忘了提醒你。快回去吧。"

肖苏奇怪地看着阿亮，小声对我说："陈姐，也许他真是300年后来的人呢。你听他的口音，有一股特殊的味儿，特别的字正腔圆，比主持人的播音腔还地道。我是在北京长大的，也从没听过这么纯正的口音。"

我用玩笑搪塞："是吗？我明天推荐他到中央台，把他们的饭碗抢过来。"

晚上我悉心照料他，先关闭了窗户；手边没有喷雾器，我就用嘴含水把屋里喷遍（降低空气中的花粉含量），又催着他使用伯克宁喷鼻剂；又去宾馆医务室为他讨来地塞米松。到了11点，他的喷嚏总算止住了。阿亮半倚在床上，看着我跑前跑后为他忙碌，真心地说："陈姐，谢谢你。"

我甜甜地笑："不用客气嘛。"心想，自己算得上教导有方，才半个多月，就把一个被惯坏的大男孩儿教会了礼貌。想想还是很有成就感的。

阿亮还有些喘，睡不着觉，我陪着他闲聊。他说："没想到你对大妈妈篡位的前景看得这么平淡。"我说："我当然不愿意看到，但有些事非人力所能扭转。再说，人类也不是天生贵胄，不是上帝的嫡长子，都是物质自组织的一种形式罢了。非自然智能和我们的唯一区别是，我们的智能从零起步，而大妈妈是从100起步（人类为她准备了比较高的智力基础）。也许还有一个区别：我们最终能达到高度一千，而它能达到一万亿。"

阿亮沉重地说："那么我回来错啦？我们只能无所作为？"

"不，该干什么你还干什么。生物进化史上大多数物种都注定要灭绝，但这并不妨碍该种族的最后一个个体仍要挣扎求生，奏完最后一段悲壮的乐曲。"我握住他的手，决定把话说透，"不过不一定非要杀人。阿亮，我已经知道了你返回300年后的目的。你有两个同伴，其中在以色列的那位已经动手了，杀了一位少年天才。"

阿亮苦涩地摇头："我不会再干那件事了，越南那位也不会干了。其实我早就动摇了，你今晚那些话是压垮毛驴的最后一根稻草。你说个人有自由意志，很对。我那时决定回来杀你的儿子——是自由意志，现在改变决定——也是自由意志。不杀人了，不杀你，不杀你丈夫。不过，我只是决定了不干什么，还不知道该干什么。"

"我丈夫还不知道在哪儿呢，我儿子还在外婆的大腿上转筋呢。"我笑道，"不过，我向你承诺，如果我有了儿子或女儿，我会让他（她）远离科学研究。我这么做并不是指认科学有罪，我只是为了你，为了你的苦心。还有，我也不敢保证一定能做到——我的儿女也有自由意志呀——但我一定尽力去做。"

阿亮笑着说："谢谢。这样我算没有白忙活一趟，也算多多少少地改变了历史。我不再是废物了，对吧。"

他用的是玩笑口吻，不过玩笑后是浓酽的酸苦。我心中作疼，再次郑重承诺："你放心，我会尽力去做。"

你在大三时突然来的那个电话，让我异常震惊。我在震惊之余，心中泛起一种恍惚感，似乎这是注定要发生的，而且似乎是我早就预知的。你说："经过两个月的思索，你决定改行搞物理，要背弃阿波罗去皈依缪斯。"我尽力劝你慎重。你在作曲界已经有了相当名气，前途无量，这么突兀地转到一个全新领域，很可能会失败，弄得两头全耽搁。

你说："这些理由我全都考虑过了，但说服不了自己。我一直是站在科学的殿堂之外看它的内部，越是这样，越觉得科学神秘、迷人，令我生出宗教般的敬畏。两个月前，我听了科学院周院士的报告，对量子力学特别入迷。比如孪生光子的超距作用，比如人的观察将导致量子效应的坍缩，比如在量子状态中的因果逆动。我觉得它们已经越出了科学的疆界，达到哲学的领域，甚至到了宗教的天地……"

我不由得想起杨振宁先生关于科学、哲学和宗教的那段话，觉得相隔 20 年的时空在这儿接合了。我摇摇头，打断你的话："你是否打算主攻量子计算机？"

"对呀，妈妈，你怎么知道？"

我苦笑："你已经决定了吗，不可更改？"

"是的，其实这些年我一直在自学物理专业的基础课和专业基础课。我和周院士有过一次长谈，他是一位不蹈旧规的长者，竟然答应收我这个门外汉做研究生。他说我有悟性，有时候悟性比学业基础更重要。我的研究方向是量子计算机的退相干，你对这个课题了解吗？"

我了解。我不了解细节，但了解它的意义，深知它将导致什么，甚至比你的导师还清楚。科学家都是很睿智的，他们能看到50年后的世界，也许能看到100年——而戈亮已经让我看到300年后了。我仍坚持着不答应你，不是一定要改变结局，而是为了对戈亮的承诺，我说："小明，你听我讲一个故事，好吗？这个故事我已经零零碎碎、旁敲侧击地对你说过，但今天我想完整地、清晰地讲给你。"

　　我讲了戈亮的一生，你爸爸的一生。你一直沉默地听着，偶尔对时空旅行或"大妈妈"提一些问题。也许，是因为我多年来的暗示引导，看来你对这个故事早有心理准备。最后，我说："妈妈只有一个要求：你把这个决定的实施向后推迟一年，如果一年后你的热情还没有熄灭，我不再拦你。不要怪妈妈自私，我只是不想让你爸爸的牺牲显得毫无价值。行吗？"

　　你在犹豫。你已经心急如焚，要向科学要塞发起强攻，已将一切牺牲置之度外。探索欲是人类最顽固的本性之一，一如人们的食欲和性欲。即使某一天，某个发现将导致人类的灭亡，仍会有数不清的科学家们争先恐后、奋不顾身地向它扑过去。其中就有你。

　　你总算答应了："好吧，一年后我再和妈妈谈这件事。"

　　我很欣慰："谢谢你，儿子，我很抱歉，让你去还父母的债。"

你平静地说："干吗对儿子客气，是我应该做的，不管是对你，还是对我从没见面的爸爸。妈妈再见。"

我就是在那个晚上从戈亮那儿接受了生命的种子。那晚，我们长谈到两点，然后分别洗浴。等我洗浴后，候在客厅的戈亮把我从后边抱住，我温和地推开他，说："不要这样，我们两个不合适的，年龄相差太悬殊。"

戈亮笑了："相差 309 岁，对吗？但我们的生理年龄只差 9 岁，我不会把这点差别看到眼里。"

我说："不，不是生理年龄，而是心理年龄。咱们从一开始就把彼此的角色固定了，我一直是长姐，甚至是母亲的角色。我无法完成从长辈到情人的角色转换，单是想想都有犯罪感。"

戈亮仍在笑："没关系的，你说过我们相差 309 岁呢，别说咱们没有血缘，即使你是我的长辈，也早出五服、十服了。"

我没想到他又拐回去在这儿等我了。我被他的诡辩逗笑了："你可真是，正说反说都有理。"我发现，走出心理阴影的阿亮笑起来灿烂明亮，非常迷人。最终，我屈服于他强势的爱情，我的独身主义在他的攻势前溃不成军。一夜欢愉，戈亮表现得又体贴又热情。事后，我说："糟糕，我可能怀孕的。今天正好是我的受孕期，咱们又没采取措施。"

戈亮不在乎地说："那不正好，那就把儿子生下来。"

我纠正他："你干什么老说儿子，也可能是女儿的。"

戈亮没有同我争，但并不改变他的提法："我决定不走了，不返回300年后了。留在这儿，同你一块儿操持家庭，像一对鸟夫妻，每天飞出窝，为黄口小儿找虫了。"

我想起一件事："噢，我想咱们的儿子（我不自觉受了他的影响）一定很聪明，你想，300年的时空距离，一定有充分的远缘杂交优势。你说对不对？"

戈亮苦笑："让他像你吧，可别像我这个废物。"

我恼火地说："听着，你如果想留下来和我生活，就得收起这些自卑，活得像个男人。"

阿亮没有说话，搂紧我，当作他的道歉。忽然，我的身体僵硬了，一个念头电光般闪过脑际。阿亮感觉到我的异常，问我怎么了，我说没事，然后用热吻堵住他的嘴巴。再度缠绵后，阿亮乏了，搂着我入睡。我不敢动，在暮色中大睁两眼，心中思潮翻滚。也许——这一切恰恰是大妈妈的阴谋？她巧借几个幼稚青年的跨时空杀人计划，把戈亮送到我的身边，让我们相爱，把一颗优良的种子种到我的子宫里，然后——由戈亮的儿子去完成那个使命，完成大妈妈所需要的科学突破。

让戈亮父子成为敌人，道义上的敌人。

我想，自己一定是走火入魔了。这种想法太纡曲，太钻牛角尖，也容易陷进"何为因何为果"这样的逻辑悖论（大妈妈的阴谋成功前，她是否存在？）。这样的胡思乱想不符合我的思维惯式，但我无法完全排除它。关键是，我惧怕大妈妈的智力，它和我们的智慧不是一个数量级的。所以——也许她会变不可能为可能。

阿亮睡得很熟，像婴儿一样毫无心事。我怜悯地轻抚他的背，决心不把我的疑问告诉他。如果他知道自己竟然成为大妈妈阴谋的执行者，一定会在自责和自我怀疑中发疯的。我要一生一世守住这个秘密，把十字架自己扛起来。

第二天，我俩返回我在南都市的家——应该是我们的家了。第一件事当然是到邻居家里接回灵灵。灵灵立起身来围着我们蹦，狂吠不止，那意思是我们竟然忍心把它一丢五天，实在不可原谅。我们用抚摸和美食安抚住它。看得出来，戈亮对灵灵的态度有了变化，不再讨厌它了。

之后，戈亮一连几天都在沉思，还是躺在院子里的摇椅中，一只手捋着身边灵灵的脊毛。我问他在想什么，他说："我在想怎样融入'现在'，怎样尽当爸的责任。可惜到现在还没有发现自己有什么生存技能。"我笑着安慰："不着急的，不着急的，把蜜月度完再操心也不迟。"

戈亮没等蜜月过完就出门了，我想他是去找工作了，没有说破，也没有拦他。我很欣喜，做了丈夫（和准爸爸）的阿亮在一夜间长大了，成熟了，有了责任感。我没陪他出去，留在家里等大妈妈的电话，我估计大妈妈该打来了，结果正如我所料。大妈妈问戈亮的情况。我说他的过敏性鼻炎犯了，很难受，不过这些天已经控制住了。

她歉然道："怪我没把他照看好。你知道，把2307年的抗过敏药，还有衣服，带回到2007年有技术上的困难。"

"不必担心了，我已经用21世纪的药物把病情控制住了。"

我本不想说出我对大妈妈的怀疑，但不知道为什么没能管住舌头。也许（我冷笑着想）我说不说都是一回事，以大妈妈的智力，一定已经发明了读脑术，可以隔着300年的时空，清楚地读出我的思维。

我说："大妈妈，有一个消息我想你已经知道了吧。我同戈亮相爱了，并且我很可能已经受孕。可能是男孩儿，一个具有远缘杂交优势的天才，能够完成你所说的科学突破。我说得对吗，大妈妈？"

我隔着300年的时空仔细辨听着她的心声。大妈妈沉默片刻——以她光速的思维速度，不需要这个缓冲时间吧，我疑虑地想——叹息道："陈影，你怎么会有这样的怪想法。你在心底还是把我当成异类，是不是？你我之间的沟通和互信真的这么难吗？陈影，没有你暗示的那些阴谋。你把我当成妖怪了，或是万能的上帝了。要知道，既仁慈又万能的上帝绝不存在，那也是一个自由意志和客观存在之间的悖论。"她笑着说，显然想用笑话调节我们之间的氛围。

也许，我错把她妖魔化了，或者我在斗智中根本不是她的对手。在她明朗的笑声中，我的疑虑很快消融，觉得有些难为情。大妈妈接着说："我确实不知道你们已经相爱，更不知道你将生男还是生女。我说过，自从有人去干涉历史，那之后的变化就非我能预知。我和你处在同样的时间坐标上。我只能肯定一点：不管戈亮他们去做了什么，变化都将是很小的，属于'微扰动'，不会改变历史的大趋势。"她又开了一个玩笑，"有我的存在就是一个铁证。我思故我在，我在故我对。"

我语带和解地说："大妈妈，我是开玩笑。别放在心里。"

我告诉她，戈亮很可能不再返回，打算定居在"现在"。她说："我也有这样的猜测。那就有劳你啦，劳你好好照顾他。我把一副担子交给你了。"

"错！这话可是大大的错误。现在他是我的丈夫，男子汉大丈夫，我准备小鸟依人般靠在他肩膀上，让他照顾。"

我们都笑了，大妈妈有些尴尬地说："在母亲心里，孩子永远长不大——请原谅我以他的母亲自居。我只是他的仆人，不过，多年的老女仆已经熬成妈了，你说对吗？"

我想她说得对。至少在我心里，这个非自然智能已经有了性别和身份：女性。戈亮的妈妈。

　　大妈妈说，她以后还会常来电话的。我们亲切地道别。

　　我为戈亮找到一份最合适的工作：科幻创作。虽然他说自己"不学无术"，远离 300 年后那个时代的科学主流和思想主流，但至少，他肯定知道未来社会的很多细节。在我的科幻创作中，最头疼的恰恰是细节的建造。所以，如果我们俩优势互补，比翼双飞，什么银河奖、雨果奖、星云奖都不在话下。

　　面对我的巧舌如簧，他平静地（内含苦涩地）说："你说的不是创作，只是记录。"

　　"那也行啊，不当科幻作家，去当史学家。写《三百年未来史》的历史学家亦是前无古人、后无来者。"

　　他在我的嬉笑中轻松了一些，说："好吧，听你的。"

　　那个蜜月中，我们如胶似漆。关上院门，天地都归我俩独有。每隔一会儿，两人的嘴巴就会自动凑到一起，像是电脑的自动程序——其实，男女的亲吻确实是程序控制的，通过荷尔蒙和神经通路来实现。我以前有些老气横秋，自认为是千年老树精了，已经参透了色即是空、空即是色。没想到，戈亮让我变成了初涉爱河的小女孩儿。

　　我们都没有料到诀别在即，我想大妈妈也没料到。像上次的突然到来一样，阿亮又突然走了，而灵灵照例充当了唯一的目击者。一次痛快淋漓的狂欢后，我们去冲澡。阿亮先出浴室，围着浴巾。我正在浴室内用毛巾擦拭身体，忽然听到灵灵的惊吠，一如戈亮出现那天。我侧耳听听，外边没有戈亮的声音。这些天，戈亮已经同灵灵非常亲昵了，他不该对灵灵的惊吠这样毫无反应……忽然，不祥的念头如电光划过黑夜，我急忙推开浴室门。一股气浪扑面而来，带着那个男人熟悉的味道，他刚才裹着的浴巾掉落在客厅的地板上，灵灵还在对着空中惊吠。我跑到客厅，跑到卧室，跑到院里。到处都没有阿亮的身影，清冷的月光无声地落在我的肩头。

他就这样突兀地消失，一去不返。

他能到哪儿去？这个世界上他没有一个熟人，除了越南那位同行者，但他不会赤身裸体地跑越南去吧。我已经猜到了他的不幸，但强迫自己不相信它。我想一定是大妈妈用时间机器把他强招回去了。虽然很可能那也意味着永别，意味着时空永隔，毕竟心理上会好受一些。其实，我知道这是在欺骗自己，阿亮怎么可能这么决绝地离开我，一句告别的话都不说？不可能的，绝对不可能。

我盼着大妈妈的电话。恼人的是，我与她的联系是单向的，我没法主动打过去。在令人揪心的等待中，更加阴暗的念头也悄悄浮上来。也许，大妈妈并不是把他招回去，而是干脆把他"抹去"了。她有作案动机啊,她借着三个热血青年的冲动,把他们送到现在,也为我送来了优秀的基因。现在,交配已经完成,该把戈亮除去了,否则他一旦醒悟,也许会狠心除去自己的天才儿子……

我肯定是疯了。我知道这些完全是胡思乱想。但不管怎样,阿亮彻底失踪了,如同滴在火炉上的一滴水。灵灵也觉察到了家中的不幸,先是没头没脑地四处寻找,吠叫,而后是垂头丧气。我坐卧不宁,饭吃不下,觉睡不好,抱着渺茫的希望,一心等大妈妈的电话。60天过去了,我的怀孕反应已经很重了,嗜酸,呕吐,困乏无力。那粒种子发芽了,长出根须茎叶了,而我的悲伤已快熬干了。每一次电话铃响,我都会扑过去,连灵灵也会陪着我跑向电话,但都不是大妈妈打来的。有一次是肖苏的电话,我涕泪满面,第一句话就问:"你有戈亮的消息?"

她当然没有,阿亮怎么可能上她那儿去呢。她连声安慰我,要在网络上帮我查。我想起曾对她矢口否认同阿亮的关系,便哽咽着解释:"他已经是我的丈夫。他突然失踪了。"

肖苏只有尽力安慰我,但我和她都知道,这些安慰非常苍白无力。

大妈妈的电话终于来了,接电话时,我竟然很冷静,连自己都感到意外。大妈妈一开口照例先问阿亮的情形,我冷静地说:

"他失踪了，在64天前突然失踪了。你对他的失踪一点也不知情，是不是？大妈妈，我已经怀孕两个月，阿亮非常疼爱他的儿子，绝不会拿儿子去交换什么历史使命……"

大妈妈当然听懂了我的话中话，打断我："等一下，我立即在历史中查询，过一会儿再把电话打回来。不过，按说他不会回到300年后或其他时间的，任何时间机器都在我的掌控中。"

她挂了电话，几分钟后又打过来："陈影，如我所料，在新的历史中没有他的踪影。请你相信，他的失踪和我无关，我真的毫不知情。陈影，我知道你的心境，但请你相信我。难道你信不过一个妈妈？"

她的声音非常真诚，不由我不信。我悲伤地说："那他究竟到哪儿去了？他绝不会丢下妻子和胎儿一去不返的。"

"陈影，你要挺住。我想，他可能已经不在人世了。时间旅行中旅行者要经过时空虫洞再行重组，个别情况下重组的个体会失稳，在瞬间解体并粒子化。历史中有这样的例子，但很少，我还没来得及把这项技术完善。请你想想，他突然消失时周围有什么异常吗？"

"我似乎觉察到一股气浪。"

"那就是了，我想阿亮已经遭遇不幸。绝不是谋害，只是技术上的失误。我很痛心，很内疚。但那已经不可挽回，除非用他的信息备份再次重组，但这是违禁的。陈影，你愿意这样做吗？你如果愿意，我可以提交申请，为你破例。"

我沉默良久，最终拒绝了这种诱惑。我不想看到另一个阿亮，那是对原阿亮的亵渎。当然，重组的阿亮会和原来的阿亮（时空旅行前的阿亮）一模一样，但我能接受他吗？这个阿亮没有来到我家之后的经历，那么，要把我和他之间的一切重来一遍吗？我怀着他的骨肉再和他相恋？

不。和阿亮的爱情只能有一次，即使是绝对完美的技术也不能让它复演。他不是三个月后的他，而我也不是三个月前的我了。

大妈妈对戈亮之死的解释合情合理。我想，用奥卡姆剃刀来比喻，这应该是最简约、最合逻辑的解释，而不是我那些阴暗的怀疑。即使如此，我也不敢完全相信她的话。因为……还是那句话，同这样的超智力说什么奥卡姆剃刀，就如一头毛驴同苏东坡谈禅打机锋。但我又没有任何证据，最多只能把怀疑深埋心底。我客气地同她道别，希望她在冥冥中保佑我的孩子，免遭他父亲的噩运。另外，如果有阿亮的消息一定尽早通知我——这是我唯一的希望了。

一直没有阿亮的消息，看来他确实已经悄然回归虚空，没有带走一片云彩，没有留下一丝涟漪。大妈妈倒是常打电话来，和我保持了 30 年的联系，一直到你去世后才中断。倒不是说你的死亡同大妈妈有什么关联，也不是我对她再度生疑，都不是的。不过从你去世之后，我再没有兴趣同她交谈了。和她再谈话，只能唤起痛苦的记忆，把伤口上的痂皮揭开。

舞台上的两个主角都过早下场，我扮演的角色也该结束了。

你很听我的话，又在音乐学院待了一年。一年后你仍坚持转行，我叹息着，没有再阻拦。10 年后，也就是你 30 岁那年，八月盛夏是科学界的喜日，量子计算机技术的那四个重要突破相继完成，成功者的名单中却没有你。听到这个消息后，我不由得想起那个心酸的老掉牙的笑话：恋人结婚了，新郎不是我。

历史的结局没有变，变的是细节。但毕竟变了一点，我想阿亮九泉之下也该瞑目了——毕竟他阻止了自己的儿子去犯罪（他心目中的犯罪）。上帝挑选了另一个天才去完成注定要完成的突破，就像在蜂房中，蜂群会在适当的时候在蜂巢中搭上两个王台，用蜂王浆喂养王台中的幼虫，谁先爬出王台谁就是新王，晚出生者则被咬死。蜂群可以说是无意识的，但你放心，它们绝不会忘记搭筑王台；正像集体无意识的人群，绝不会让"应该出生"的科学家空缺。科学发现也像蜂王之争一样残忍，成者王侯败者成灰。历史只记得成功者，不记得失败者，尽管失败者也是智力超绝的天才，也曾为科学呕心沥血，燃尽智慧。

我犹豫着没打电话，不知道该如何安慰你。这是我心中终生的痛，因为那样也许能改变你的命运。不过也说不准，命运可能比一个电话的力量更强大吧。晚上，你的电话打来了，声音听不太清，里面夹杂着呼呼的风声，也许还夹带着酒气。你冲动地告诉妈妈：你的研究已经取得突破，正在整理，最多一个月后就会发表！是和那位成功者同样的结论！

　　我说："孩子，你要想开一点儿。你还年轻，以后还有机会的。"

　　你苦涩地说："没有机会了，至少是很难了！我起步太晚，感觉已经穷尽心智。今后恐怕很难做出突破，至少是难以做出这样重大的突破。"那晚你第一次对我敞开心扉，说出了久藏心中的话。你激愤地说："我恨爸爸，那个从未见面的爸爸。他的什么承诺扭曲了我的一生！"

　　我黯然无语，实际上你该恨妈妈才对。不怪你爸，那完全是我对他的承诺。而且，如果我没有强劝你推迟一年转行，你已经走在所有人的前面了——但那又恰恰意味着你父亲的完全失败，他的努力和献身将变得毫无意义。一个两难选择，一个解不开的结。

　　我意识到你是在狂奔的车上打电话时已经太晚了，我焦急地说："你是不是在开着车打电话？立即停下，停下，停在路边冷静半个小时，停下来我们再好好聊。听见了吗？"

　　你没有停下，话筒中仍是呼呼的风声，和车轮高速疾行的沙沙声。然后是一声惊呼，猛烈的撞击声。你的手机一定摔坏了，听筒中一片沉寂。

　　我没有目睹你的死亡，但我亲耳听见了。2000 千米外的死亡，就像是发生在异相时空中。在你流着血走向死亡时，当你的灵魂向虚空中飞散时，我只能徒劳地按电话键，拨打 110，催促他们尽快找到失事的汽车。我的心已经碎了，再也不能修复，因为你那一生的结局。

十亿年后的来客 /何夕

生命是有禁区的

一

有一种说法，人的名字多半不符合实际，但绰号却绝不会错。以何夕的渊博知识自然知道这句话，不过，他以为这句话也有极其错误的时候。比如几天前的报纸上，在那位二流记者半是道听途说半是臆造的故事里，何夕获得了本年度的新称号——"坏种"。

何夕放下报纸，心里涌起些无奈。不过细推敲起来，那位仁兄大概也曾做过一番调查，比如何夕最好的朋友兼搭档铁琅从来就不叫他的名字，张口闭口都是一句"坏小子"。朋友尚且如此，至于那些曾经栽在他手里的人，提到他时当然更无好话。除开朋友和敌人，剩下的就只有女人了，不过仍然很遗憾，何夕记忆里的几个女人说得最多的一句话便是"你坏死了"。

何夕叹了口气，不打算想下去了。一旁的镜子忠实地反射出他的面孔，那是一张微黑的、已经被岁月染上风霜的脸——头颅很大，不太整齐的头发向左斜梳，额头的宽度几乎超过一尺，眉毛浓得像是两把剑。何夕端详着自己的这张脸，最后得出的结论是：即使退上一万步也无法否认这张脸的英俊。可这张脸的主人竟然背上了一个坏名，这真是太不公正了。何夕在心里有些愤愤不平。

但何夕很快发现了一个问题，他的目光停在了镜子里自己的嘴角上。他用力收收嘴唇，试图改变镜子里的模样。虽然他接连换了几个表情，并且还用手拉住嘴角帮忙校正，但是镜子里的人的嘴角依然带着那种仿佛与生俱来的、且将永远伴随着他的那种笑容。

何夕无可奈何地发现这个世上只有一个词才能够形容那种笑容——坏笑。

何夕再次叹了口气，有些认命地收回目光。窗外是寂静的湖畔景色，秋天的色彩正浓重地浸染着世界。何夕喜欢这里的寂静，正如他也喜欢热闹一样。这听起来很矛盾，但却是真实的何夕。他可以一连数月独自待在这人迹罕至的名为"守苑"的清冷山居，自己做饭洗衣，过最简朴的生活。但是，他也曾在那些奢华的销金窟里一掷千金。而这一切只取决于一点，那就是他的心情。曾经不止一次，喧闹的晚会正在进行，上一秒钟何夕还像一只狂欢的蝴蝶在花丛间嬉戏，但下一秒钟他却突然停住，兴味索然地退出，一直退缩到千里之外的清冷山居中；而在另一些时候，他却又可能在山间景色最好的时节里没来由地作别，急急赶赴喧嚣的都市，仿佛一滴急于要融进海洋的水珠。

不过，很多时候有一个重要因素能够影响何夕的足迹，那便是朋友。与何夕相识的人并不少，但是称得上朋友的却不多。要是直接点说，就只是那么几个人而已。铁琅与何夕相识的时候两个人都不过几岁，按他们四川老家的说法这叫作"毛根儿"朋友。他们后来能够这么长时间地保持友谊，原因也并不复杂，主要就在于铁琅一向争强好胜，而何夕却似乎是天底下最能让人的人。铁琅也知道自己的这个脾气不好，很想改，但每每事到临头却总是与人争得不可开交。要说这也不全是坏事，铁琅也从中受益不少，比方说，从小到大他总是团体里最引人注目的那一个，他有最高的学分，最强健的体魄，最出众的打扮以及丰富多彩的人生。不过，有一个想法一直盘桓在铁琅的心头，虽然他从没有说出来过。铁琅知道有不少人艳羡自己，但却觉得这只是因为何夕不愿意和他争锋而已。在铁琅眼里，何夕是他最好的朋友，但同时也是一个古怪的人。铁琅觉得何夕似乎对身边的一切都很淡然，仿佛根本没想过从这个世上得到什么。

铁琅曾经不止一次亲眼见到何夕一挥手就放弃了那些许多人

梦寐以求的东西。就像那一次，只要何夕点点头，美丽如仙子的水盈盈连同水氏家族的财富全都会属于他，但是何夕却淡淡地笑着，将水盈盈的手放到她的未婚夫手中。还有朱环夫人，还有那个因为有些傻气而总是遭人算计的富家子兰天羽。这些人都曾受过何夕的恩惠，他们最大的愿望就是找机会有所报答，但却不知道应该给何夕什么东西，所以报答之事就成了一个无法达成的心愿。但是有件何夕很乐见的事情是他们完全办得到的，那便是抽空到何夕的山居小屋里坐坐，品品何夕亲手泡的龙都香茗，说一些他们亲历或是听来的那些山外的趣事。这个时候的何夕总是特别沉静。他基本上不插什么话，只偶尔会将目光从室内移向窗外，有些飘忽地看着什么，但这时如果讲述者停下来，他则会马上回过头来提醒继续。当然，现在常来的朋友都知道何夕的这个习惯了，每一个讲述者都不会去探究何夕到底在看什么，只自顾自地往下讲就行了。

何夕并不会一直当听众，他的发言时间常常在最后。虽然到山居的朋友多数时候只是闲聚，但有时也会有一些陌生人与他们同来，这些人不是来聊天的，直截了当地说他们是遇到了难题，而解决这样的难题不仅超出了他们自己的能力，并且也肯定超出了他们所能想到那些能够给予其帮助的途径，比如说警方。换言之，他们遇到的是这个平凡的世界上发生的非凡事件。有关何夕能解决神秘事件的传闻不少，但是一般人只是当作故事来听，真正知道内情的人并不多。不过，凡是知道内情的人都对那些故事深信不疑。

今晚是上弦月，在许多人眼里并不值得欣赏，但却正是何夕最喜欢的那种。何夕一向觉得满月在天固然朗朗照人，但却少了几分韵致。初秋的山林在夜里八点多已经转凉，但天空还没有完全黑下来。虫豸的低鸣加深了山林的寂静。何夕半蹲在屋外的小径上，借着天光专心地注视着脚下。这时，两辆黑色的小车从远处的山口现出，渐渐驶近，最后停在了三十米以外的大路的终点。第一辆车的门打开了，下来一位皮肤黝黑、身材高大壮硕的男人，他看上去三十出头，眼窝略略有些深，鼻梁高挺，下巴向前划出一道坚毅的弧度。跟着，从第二辆车里下来的是一位头发已经花白的老者，大约六十岁，满面倦容。两个人下车后环视了一下四周，然后并肩朝小屋的方向走来。另几个仿佛保镖的人跟在他们身后几米远的地方。老者走路显得有些吃力，年轻的那人不时停下来略作等待。

何夕抬起头注视着来者，一丝若有所思的表情从他嘴角显露出来。壮硕的汉子一语不发地将拳头重重地砸在何夕的肩头，而何夕也以同样的动作回敬。与这个动作不相称的是两人脸上同时绽放出的灿烂笑容。

这个人正是何夕最好的朋友铁琅。

"你在等我们吗，你知道我们要来？"铁琅问。

"我可不知道。"何夕说，"我只是在做研究。"

"什么研究？"铁琅四下里望了望。

"我在研究植物能不能倒过来生长。"何夕认真地说。

铁琅哑然失笑，完全不相信何夕会为这样的事情思考："这还用问，这根本是不可能的事情。"

"这是两个月前在一个聚会上一个小孩子随口问我的问题，当时兰天成也在，他也说不可能。结果，我和他打了个赌，赌金是由他定的。"

铁琅的嘴立时张得可以塞进一个鸡蛋。兰天成是兰天羽的堂兄，家财万贯，以前正是他为了财产逼得兰天羽走投无路，几乎寻了短见，要不是得到了何夕的相助，兰天羽早已一败涂地。这样的人定的赌金有多大可想而知，而关键在于，就是傻子也能判断这个赌的输赢——世界上哪里有倒过来生长的植物呢？

"你是不是有点儿发烧？"铁琅伸手摸摸何夕的额头，"打这样的赌你输定了。"

"是吗？"何夕不以为然地说，"你是否能低头看看脚下？"

铁琅这才注意到道路旁边斜插着七八根枝条，大部分已经枯死。但是有一枝的顶端却长着翠绿的一个小枝。小枝的形状有些古怪，它是先向下，然后才又倔强地转向天空，宛如一支钩子。

铁琅立时倒吸一口气，眼前的情形分明表示这是一株倒栽着生长的植物。

"你怎么做到的？"铁琅吃惊地问。

"我选择最易生根的柳树，然后随便把它们倒着插在地上就行了。"何夕轻描淡写地说，"都说柳树不值钱，可这株柳树倒是值不少钱，福利院里的小家伙们可以添置新东西了。"

"可是你怎么就敢随便打这个赌，要是输了呢？"铁琅不解。

"输啦？"何夕一愣，"这个倒没想过。"他突然露出招牌坏笑来，"不过，要是那样的话，你总不会袖手旁观吧？怎么也得承担个百分之八九十吧？朋友就是关键时候起作用的，对吧？"

铁琅简直哭笑不得："你不会总是这么运气好的，我早晚会被你害死。"

何夕止住笑："好了，开个玩笑嘛！其实我几岁的时候就知道柳树能倒插着生长，是贪玩试出来的。不过，当时我只是证明了两个月之内有少数倒插的柳树能够生根并且长得不错，后来怎么样，我也没去管了。不过，这已经符合赌局胜出的条件了。这个试验是做给兰天成看的。他那么有钱，拿点出来做善事也是为他好。"

铁琅还想再说两句，突然想起身边的人还没有做介绍，他稍稍侧了侧身说:"这位是常近南先生,是我父亲的朋友。他最近遇到了一些烦恼。他一向不愿意求人,是我推荐他来的。"

常近南轻轻点头,看上去的确是那种对事冷漠、不愿求助他人的人。常近南眯缝着双眼,仔细地上下打量何夕,弄得何夕也禁不住朝自己身上看了看。

"你很特别。"常近南说话的声音有些沙哑,不过应该不是病,而是天生如此,"老实说,你这里我是不准备来的,只是不忍驳了小铁子的好意。来之前,我已经想好到了这里打了照面就走。"

何夕不客气地说:"幸好我也没打算留你。"

"不过,我现在倒是不后悔来一趟了。"常近南突然露出笑容,脸上的阴霾居然淡了很多,"本来我根本不相信世上有人能对我现在的处境有所帮助,但现在我竟然有了一些信心。"

铁琅大喜过望,他没想到见面的这几分钟竟然让多日来愁眉不展的常近南说出这番话来。

"哎,你可不要这样讲。"何夕急忙开口,"我只是一个闲人罢了。"

常近南悠悠地叹口气:"我一生傲气,从不求人。眼下我所遇到的算得上是一件不可能解决的事情。"

"既然是不可能解决的事情,你怎么会认为我帮得上忙?"何夕探询地问。

常近南咧嘴笑了笑，竟然显出儿童般的天真："让植物倒着生长，难道不也是一件不可能解决的事情吗？"

二

常氏集团是知名企业，经营着包括化工、航运、地产等诸多产业。常家居于檀木山麓，对面即是风景秀丽的枫叶海湾，内景装饰豪华但给人简约的感觉，看得出主人的品位。

常近南将客厅里的人依次给何夕做了介绍。常青儿，常近南的大女儿，干练洒脱的形象使她有别于其他一些富家女，她不愿荫庇于家族，早早便外嫁他乡，自己打拼。但天不佑人，两年前一场车祸夺去她丈夫的性命。伤痛加上思乡，常青儿几个月前便回到家中，陪伴父亲。常正信，二十五岁，常近南唯一的儿子，半月前刚从国外学成归来，暂时没有什么固定安排，就留在常近南身边，帮助其打理一些事务。

何夕打量着这几个人，脸上带着礼节性的笑容，从表情上看不出他的想法。常青儿倒是有几分好奇地望着何夕，因为刚才父亲介绍时称何夕是博士，而不是某某公司的什么人，印象中这个家很少有生意人之外的朋友到来。何夕的目光集中在常正信身上，对方身着一套休闲装，很随意地斜靠在沙发上，他对何夕的到来反应最冷淡，只简单打了个招呼便自顾自地翻起杂志来。何夕并不是用全部时间盯着常正信，只不过是利用同其他人谈话的间隙而已。不过，对何夕来说，这已经足够获取他想要的信息了。随着对常正信观察的深入，他对整件事情产生了兴趣，同时他也意识到这件事情可能不会那么简单。本来，当常近南请他来家中"驱鬼"时，他还以为这只是某个家里人有些歇斯底里而已，这在那些富人家里本不是什么稀罕事，但现在他不这么看了。照何夕的观察，这个叫常正信的年轻人无疑是正常的，他应该没有什么精神方面的障碍，那么又是什么原因会令他做出那些让自己的父亲也以为他"撞鬼"的事情呢？

常近南的书房布置得古香古色，存有大量装帧精美的藏书，其中居然还有一些罕见的善本。

何夕是个不折不扣的书虫，这样的环境让他觉得惬意。

常近南关上房门着急地问："怎么样？你们看出什么来了吗？"

"老实说，我觉得贵公子一切都好好的，看不出什么异样来。"何夕慢吞吞地说。

"我也觉得他很正常。"铁琅插话道。

常近南有些意外，"你们一定是没有认真看。他一定有问题了，否则怎么可能逼着我将常氏集团的大部分资金交给他投资。虽然……"常近南欲言又止。

"虽然什么？如果你不告诉我们全部实情的话，我恐怕帮不了你。"

"我不知道该不该要说出来。"常近南的脸色变得古怪起来，仿佛还在犹豫，但最终，他对儿子的担心占了上风，"虽然他本来已经做到了，但在最后一刻他终止了行动。"

"什么行动？"何夕追问道。

常近南叹口气："那是七天前的事。那天早晨，正信突然来到我的卧室，建议我将所有可用的资金立刻交给他投资到欧洲的一家知名度很小的公司。我当然不同意，正信很生气，然后我们发生了激烈的争吵。我问他是不是得到了什么可靠的内幕消息，他却不告诉我，只是和我吵。这件事让我心情很糟糕，身体也感到不适，所以我没有到办公室，但上午却发生了奇怪的事情。"

常近南迟疑了一下，然后在桌上的键盘上敲击了几下："你们看看吧！这是当天上午公司总部的监控录像。"

画面显然经过剪辑，因为显示的是从几个不同角度拍摄的图像——常近南正走进常氏集团总部的财务部，神色严肃地说着什么。

"据财务部的人说，是我向他们下达了资金汇转的命令。"

"可那人的确是你啊。"铁琅端详着画面说，"你们的监控设备是顶尖水平的，非常清晰。"

"也许除了我自己之外，谁都会这样认为。哦，还有常青儿，她那天上午和我一起在家。这人和我长得一样，穿着我的衣服，但不是我。"

"会不会是常正信找来一个演员装扮成你，以便划取资金？"何夕插话道，"对不起，我只是推测，如果说错了话，请别见怪。"

"世上没有哪个演员有这样的本事，我和那些职员朝夕相处，他们不可能辨别不出我的相貌和声音。"常近南苦笑，"你们没有见到当他们事后得知那不是我时的表情，他们根本不相信我说的话。"

画面上陈近南做完指示后离开，在过道里踱着步，并在窗前眺望着远处。大约几分钟后，他突然再次进入财务部，神色急切地说着什么。

"那人收回了先前的命令，不知道是什么原因。"常近南解释道。

这时，画面中的常近南急急忙忙地进到一间空无一人的会议室里，锁上门。他搜索了一下房间，然后在墙上做了一个动作。

"他堵上了监控摄像头，但他不知道会议室里还有另一个较隐蔽的摄像头。"

那人面朝窗外伫立。他的双手撑在窗台上，从肩膀开始，整个身躯都在剧烈颤抖。从背影看，这似乎是一个充满痛苦的过程，有几个瞬间，那人几乎要栽倒在地。这个奇怪的情形持续了约两分钟，然后那人缓缓转过头来……

"天哪，常正信！"铁琅发出一声惊呼。

"砰"的一声，书房的房门突然被撞开了，一个黑影闯了进来。"为什么要对外人讲这件事，你答应过不再提起的！"声音立刻让人听出这个披头散发的黑影正是常正信，但这已经不是客厅里那个温文尔雅的常正信了。他直勾勾地瞪着屋里的几个人，眼睛里闪现出妖异的光芒。"瓶子，天哪，你们看见了吗？那些瓶子。"说完这话，他的脖子猛然向后僵直，何夕眼疾手快地扶住他。

"快拿杯水来。"何夕急促地说。

常正信躺在沙发上，喝了几口水后平静下来。过了一会儿，他睁开眼望着四周，似乎在回想刚才发生的事情。

"告诉我发生了什么？"何夕语气和缓地说。

常正信迷茫地望着何夕："我怎么在这里，真奇怪。"他看到了常近南，"爸爸，你也在，我去睡觉了。晚安。"说着话，他起身朝门外走去。

"好了，何夕先生，你大概也知道我面临的处境了吧？"常近南幽幽开口，"事后我问过正信，但他拒绝答复我。我现在最在意的就是家人的平安。也许真的是什么东西缠住了他。也许这个世界上只有你能够帮助我了，只要你开口，我不在乎出多少钱。"

"那好吧。老实说，吸引我的是这个事件本身而不是钱，不过你既然开口了我也不会客气。"何夕在纸上写下一行字递给常近南。

铁琅迷惑地望着何夕。虽然何夕的事务所的确带有商业性质，但他从未见过何夕这样主动地索取报酬。不过，比他更迷惑的是常近南，因为那行字是"请立刻准备一张到苏黎世的机票"。

铁琅抬头，正好碰上何夕那招牌式的坏笑："常正信不是在瑞士读的书吗？"他的目光变得锐利起来，"也许那里会有我们想找的东西。"

三

在朋友们眼中，何夕是一个很少犯错误的人，也就是他说的话或是写的文字极少可能会需要变动。不过，最近他肯定错了一次，他本来叫人准备一张机票，但实际上准备的却是三张，因为来的是三个人，除了他之外还有铁琅和常青儿。铁琅的理由是"正好放假有空儿"，常青儿只说想跟来，没说理由。不过，后来何夕才知道这个女人做起事来"理由"两个字根本就是多余的。

苏黎世大学成立于 1833 年，是无数优秀人才的摇篮。何夕看着古朴的校门，突然露出戏谑的笑容："要是校方知道他们培养了一个不借助任何道具，能够在两分钟内变成另一个人的奇才，不知会做何感想？"

来之前，何夕已经通过各种渠道了解了常正信求学时的一些概况，比如成绩、租住地、节假日里喜欢上哪里消磨时间、有没有交女朋友等，以至于常青儿都忍不住抗议要求尊重一下常正信的隐私。

"那些无关紧要的事情就不必要查了吧。"她扯着尖尖的嗓门试图保护自己的弟弟。

"问题是你怎么知道哪些事无关紧要？"何夕反驳的话一向精练，但是却一向有效，总是顶得常青儿哑口无言。

卡文先生的秃头从电脑屏幕前抬了起来："找到了。常正信是一个比较普通的学生，没有什么特别的地方。"

"是这样，"何夕信口开河道，"他现在已被提名参选当地的十大杰出青年，我们想在他的母校，也就是贵校，找一些不同寻常的经历，作为他的事迹。"

"我再看看。哦，他专业上成绩好像一般，但在选修的古生物学专业上表现不错。你知道，我校的古生物研究所是有世界知名度的。这对你们有用吗？他的论文是雷恩教授评审通过的。我看看，对了，雷恩教授今天没有课程安排，应该在家里。"

……

"常正信？"雷恩教授有些拗口地念叨着这个名字，"你们确定他是我的学生？"

常青儿也觉得有些唐突了："他只是在这所大学读书。他不喜欢自己的制药专业，却对古生物学颇感兴趣，而您是这方面的权威，所以我们猜测他可能会与您有较多的联系。"

雷恩蹙眉良久，还是摇了摇头："也许他听过我的课吧？见了面我大概能认识，但实在想不起这个名字。其实，你们东方人到这里留学一般都是选择像计算机、财会、法律等实用性很强的学科，很少会选我这个专业。"

"其实我倒是一直对这门学问非常感兴趣，只可惜当年家里没钱供我。"何夕突然说道。

"这倒是实话。"雷恩笑了笑，"这样的超冷门专业的确只有少数从不为就业发愁的有钱有闲的人才会就读。就连我的女儿露茜，"他朝窗外努努嘴，"对我的工作也毫无兴趣，不过也许今后我有机会培养一下我的小外孙，哈哈哈。"雷恩说完，爽朗地大笑起来。

何夕顺着雷恩的目光看过去，室外小花园里一个容貌秀丽的红衣女子正在修剪蔷薇，她的左手轻抚着隆起的腹部，脸上正如所有怀孕的女人一样满是恬静而满足的笑容。

从雷恩的住所出来，何夕准备找常正信的房东了解些情况。他们已经了解到常正信那几年基本上是住在同一所房子里。何夕让常青儿开车，他想抽空打个盹儿。就在他刚要放下座椅靠背的时候，他用余光从后视镜里发现了情况。

"我们被跟踪了。别往后看，往前开就行。"何夕不动声色地对常青儿说。

"哪儿，是谁？我怎么看不到？"常青儿惊慌地瞟了一眼后视镜，在她看来一切如常。

何夕没好气地指着前方说："如果你也能察觉的话，他们就只能改行开出租了。"

"不知道会是些什么人？"铁琅倒是很镇定。同何夕在一起时间长了，这样的场面他早已见惯。

"看来，是有人知道我们在调查常正信，本来应该小心点才是。"何夕叹气，但神色却显得很兴奋，对手的出现让他觉得和真相的距离正在缩短。

"我们要不要改变今天的计划？"铁琅问道。

"不用，反正别人已经注意到我们了。"

四

　　戴维丝太太的房子是一座历史久远的古宅，院落宽敞，外墙上爬满了翠绿的植物。她是一位退休护士，大约七十岁，体形微胖，皮肤白皙，十年前起就一直独居。了解了这行人的来意后，她并没有显得太意外，仿佛知道会有这么一天似的。不过，出于德裔人的谨慎，她专门从一个资料柜中取出封面上有常正信名字的信封，然后要求何夕说出常正信正确的身份代码。当然，因为常青儿在场，这不算什么难题。

　　"常的确有些与众不同。"戴维丝太太陷入回忆，"我的房子是继承我叔父的，不算巨宅，但也不小了。由于我一个人住不了那么大的房子，所以一直都将底层出租，这里本来就偏僻，附近大学的学生是我比较欢迎的租客。以前都是十多个学生分别租住在底楼的房间里。常来的时候正好是新学期的开始，常要求我退掉别人的合约，违约的钱由他负责。因为他要一个人租下所有的房间，还包括地下室。看得出他很有钱，但我实在想不出一个人为何需要这么多房间，更何况还有地下室。但常从来不回答我的这些问题，我也就不再问了，反正对我来说都一样。"

"他总是一个人住吗？有没有带别的人来。"何夕插话道。

"这也是我比较迷惑的地方。虽然我并不想关心别人的私事，但他的确从来没有带过女朋友之类的人来。倒是每隔些日子就有几位男士来访，而且每次并不总是同样的人，但衣着打扮非常接近。怎么说呢，虽然现在许多人在穿着上都比较守旧，但他们这些人也的确显得太守旧了些，不过二三十岁的人，却总是一身黑衣，就连里面的衬衣都像是只有一种灰色。"

"我的老天，正信不会加入什么同志协会了吧！"常青儿脱口而出。

"应该不是的。"戴维丝太太露出笑容，"他们只是在一起谈论问题。那都是些我听不明白的东西，有时候声音很大，但多数时候声音是很小的。我的耳朵本就不好，基本听不见他们说些什么。我的房子比较偏僻，除了他们之外，没什么人来。"

"光这些也说不上有什么奇特啊！"铁琅说道。

"不过，有一件事情一直让我觉得奇怪。"戴维丝太太接着说，"就是你弟弟住下不久之后便要求我更换了功率很大的电表，那基本上应该是一个工厂才需要的容量了。"

何夕立刻来了兴趣："这么说，他是在生产什么东西吗？"

"我从来没有看到过他往外输送过产品，所以肯定不是在办厂。他只是运来过一些箱子，然后到离开的时候带走了这些箱子。

在他租房期间，我从没进过地下室。"

"我们能到他住的地方看看吗？"何夕问道。

"这恐怕不行，现在住着别的人，我是不能随便进入他们的房间的。"

"那地下室呢？"

戴维丝太太稍稍迟疑了一下："这倒是可以，不过里面空空的，什么也没有。现在只放着我自己的一些杂物。"

古宅的地底阴冷而潮湿，一些粗壮的立柱支撑着幽暗的屋顶。何夕注意到与通常的地下室相比，这里的高度有些不同寻常。常青儿或许是感到了寒意，瑟缩地抱着肩膀。

"我看层高至少有五米吧？"铁琅也注意到了这点，他用力喊了一声，竟有回声激荡。

一截剪断的电缆很显眼地挂在离地几米的墙壁上，看来这是常正信留在这里的唯一痕迹。就算这里曾经发生过什么，从眼前的情形也无从得知了。何夕仔细地在四处搜索，但十分钟后他不得不有些失望地摇了摇头。铁琅深知何夕的观察能力，从他的表情看来，要从这里再知道些什么已是不太可能的事情。

戴维丝太太突然开口道："我想起一件事，当时常刚搬走的时候我曾经在角落里捡到过一样东西，是一个形状很怪的小玻璃瓶，我把它放在……放在……"

　　戴维丝太太的表述突然中止，她微胖的躯体像一团面似的瘫倒在地。何夕和铁琅的第一个反应都是像箭一般窜向地下室的出口。前方一个黑影正急速地逃走，何夕和铁琅的百米冲刺速度都是运动健将级的，只几秒钟时间，他们同那个黑影的距离已缩短到二十米之内。但就在这时，那个黑影突然窜向旁边的树林，然后何夕和铁琅便见到了令他们永生难忘的一幕。那个黑影居然在树丛之间荡起了秋千，就像一只长臂猿，只几个起落便甩开二人，越过高高的铁围栏，消失在茫茫夜色之中。

　　铁琅转头看着何夕，表情有些发傻，不过话还说得清楚："人猿泰山到欧洲来干什么？"

　　戴维丝太太的伤显然已经无法医治，置她于死地的是一粒普通的鹅卵石，大约两厘米见方，就嵌在她的额头左侧。看到这一幕，何夕才醒悟到自己有些大意了，不过他的确没料到会到这一步。不过，现在看来事情越来越不简单了。

　　常青儿正准备打电话报警，何夕果断地制止了她："等一下我们出去用公用电话报警，否则会被警方缠住的。"

　　"那戴维丝太太最后说的那样东西到底会在哪儿呢？"常青儿焦急地环顾四周，"要不再找找看。"

　　"不用了吧，这里何夕已经搜寻过了，他都没有发现那样东西。"铁琅抱着膀子说，样子看上去有些不负责任，但说的却是大实话。

"我想我知道那样东西在哪儿了。"何夕突然开口道，他径直朝地下室出口奔去，留下铁琅和常青儿两人面面相觑。

这是一个很小的瓶子。它是从一个写有名字的信封里取出来的。

"既然戴维丝太太知道这是常正信遗留的东西，她自然会把它同属于常正信的其他东西放在一起。"何夕用一句话就回应了常青儿眼里的疑问，同时拿着尺子比画着。瓶身是六棱柱形，边长 0.5 厘米，高度 1 厘米，虽然透明但不是由普通玻璃造的，而像是一种轻质的强度远高于玻璃的高分子材料。瓶子的顶部和底部都镶嵌着金属片，在顶部还开着两个直径约 1 毫米的小孔，但被类似胶垫一样的东西密封着。瓶子里大约装有一半的透明液体。

"我实在看不出这东西是干什么用的。"铁琅满脸不解。

何夕仔细地端详着小瓶，眼睛里有明显的迷惑："到现在为止，我只觉得这像是一个容器。"

"这我也看得出来。"常青儿插话道，"那两个小孔肯定就是注入和取出液体用的。"

何夕赞同地点头："不过，我还看出这东西应该不止一个，而是数量庞大的一组。"

"这样说没什么根据吧？"铁琅说，"它完全可能就是一个独立的配件。"

"你们注意到它的形状没有？像这种六棱柱的造型在加工上比正方形之类的要困难许多，容量上也没有大的提升，除非是有特别的考虑，否则工厂不会随便造成这个样子。"

"对啊，大量六棱柱形拼合在一起是最能节约材料和提高支撑强度的，就像蜂巢的结构。"铁琅恍然大悟道。

"那我们不妨假设一下在古宅的地下室里曾经有过数量巨大的这种小瓶子，可常正信到底在干什么呢？记得吗，在常家的书房里常正信曾经说过：'看，那些瓶子'。"何夕眉头紧锁，"还有，我们见到的那个黑影又是什么呢？"

"我从来没见过那么猛的人，他简直就是在树上飞。"铁琅抓挠着头发。

"常青儿，看来要麻烦你联系一下，我们现在需要一间设施齐全的实验室。"何夕带头往外走，"现在我们还是赶紧离开吧！"

五

常氏集团在瑞士并没有产业，但有生意伙伴。仅十个小时之后，何夕已经有了一间工作室，这是一家制药公司的实验室，鉴于瑞士制药业的水平，这间实验室的配置在这个星球上大约算是顶级的了。不过，何夕很快便发现其实有些小题大做了，因为从容器里取出的液体成分实在太简单了。

经过测算，每千克这种液体中大约含有 23 克的氯元素、12 克的钠元素、9 克硫元素、3 克镁元素，还有不到 1 克的钙和钾，剩下的就是一些微量元素和水了。现在实验室里就是这么一张化验结果，以及三张愁眉不展的脸。怎么说呢，它的成分太普通了，就像是随便从太平洋某个角落里汲取的一滴水。当然，这只是一个比喻，因为它和通常的海水之间还是有些不同的，比如硫和镁显得稍高一些，但没有什么本质的区别，就像是在某个特殊地域采集的一滴海水。地球上这种地方有的是，比如海底烟囱附近，又或是像红海一类的特殊海域。

"看来我们有方向了。"铁琅先开口道，"我想，应该拿它同世界各地的海水成分进行比对，确定一下它们是从什么地方运来的。等会儿，我到专业网站上查询一下。如果他们曾经运送过大量的海水的话，肯定会留下线索的。"

"可我弟弟拿这些海水来干什么呢？"常青儿皱着眉，"他从小对化学就不感兴趣，本来我父亲是希望他在制药业有所发展的，但他一直不喜欢这个专业。"

"我倒是觉得整个事件越来越有意思了。"何夕脸上掠过一丝奇怪的表情，望着铁琅，"虽然并没多少证据，但我有种预感，你很可能查询不到匹配的结果。"

"你是说这可能不是海水，那我可以扩大范围，顺带查一下各个内陆湖的数据，应该能找到接近的结果吧？"

"但愿你是对的。"何夕若有所思，"也许是我想得太多了。"

"难道你有什么猜测吗？"常青儿追问道。

"我只是在想……"何夕的语气有些古怪，"那个能在树上飞的人是怎么回事？"

"也许他是个受雇于人的高手。"常青儿插言道，"就像是那些从事极限运动的跑酷运动员。"

"我见过跑酷。但……"何夕看了铁琅一眼，"你觉得他是在跑酷吗？"

铁琅脸上的神色变得凝重起来："我有些明白你的意思了。"

常青儿着急地叫嚷起来："你们在说些什么啊？"

铁琅苦笑了一下："我是说，世界上没有人能够像那个家伙那样跑酷，他在树上跳跃的时候不会输给一只长臂猿。"

"你们的意思是……他不是人？"常青儿的眼睛比平时大了一圈。

"我只是觉得他在地上跑的时候肯定是个人，在树上跳的时候绝对不是人。"何夕说道。

六

享誉世界的瑞士风光的确名不虚传。铁琅今天要查神秘液体的来路，至少要大半天的时间。常青儿耐不住等待，要去游览名胜。以何夕一向的绅士做派，当然只能陪同侍驾。直到这时，何夕才领教了像常青儿这样的女人有多难伺候。首先，由于出身和见识的原因，她的眼光的确独到，对于一般的景色基本不屑一顾，总是四处寻找出奇的风光；同时由于做事一向泼辣干练，常青儿对于入眼的景色每每又不甘于远望，只要有可能，就非得亲到跟前一睹究竟不可。这就苦了何夕，手里大包自然提着，还得逢山开路、遇水架桥，要不是仗着身体强壮早累趴了！何夕只好在心里宽慰自己，幸好常大小姐只是在郊外踏青而不是游览瑞吉山或是皮拉图斯山。

现在，他们终于上到一处坡顶，放眼看去，一条平坦的小径徐缓下行，看来前面再无险途。何夕长出口气，这时，他的余光斜上方十来米高的地方突然出现团粉色的影子，几乎是电光石火之间，何夕将左手的包甩到了肩上。但已经迟了，他没能挡住常青儿的视线。

"好漂亮的花儿啊!"常青儿叫嚷起来,"你看那儿,我从来没有见过这么粉的蔷薇。"

说完,常青儿不再开口,转头热切地看着何夕。何夕望着她绯红的脸颊,微微带汗的几缕发丝在风中颤抖,只得在心里叹口气,认命地放下手里的包,开始朝山壁攀缘。提包口儿张开了,可以看到里面已经放了一些"很紫的玫瑰""又漂亮又光滑的鹅卵石"以及"好青翠的树叶"。

"只要一枝就够了,还有,别伤了它的根。"常青儿对着何夕大喊,看来她并不贪心。就在这时,一只粗大的手搭在了她的肩膀上。

……

"我们谈谈吧,何夕先生。"来者是四个身着黑袍、只露双眼的人。说话的是来人中个头最高的一位。他说的是英语,只是口音有些怪。

何夕看了眼被反缚双手的常青儿,放弃了反抗的念头:"你们想谈什么?"

"是这样,你们不觉得自己闯到了不该去的地方了吗?"

"我只是想帮助这位女士的弟弟,他的家人很担心他。"何夕斟酌着用词,他还摸不准对方的意图。

"我们调查过你,知道你的一些传奇故事。老实说,我们很尊敬你,我们不打算与你为敌。这样吧,如果我们保证以后不再和常正信联系，也就是说，他不必再要求他的父亲投资给我们的公司。这样的话你能否就此罢手？"

"我们不需要和他谈判！"旁边一位个子较矮、手臂却显得有些长的黑袍人插话道。何夕感觉他的眼神就像两把充满戾气的匕首，亮得刺人，"常正信会配合我们的。眼下这个家伙交给我收拾好了。"

"现在是我在说话。"高个子黑袍人声音高亢，"难道你要违背我的命令吗？"

那人不情愿地退下，眼里依然愤愤不已。

"我好像根本没有选择的余地。"何夕笑了笑，"加上常青儿还在你们手里，我们俩可不想出什么意外。不过，你能兑现你的保证吗？"

"这不成问题。我们是商人。商人想多得到一些投资也是正常的要求吧？既然现在出了这么多麻烦，我们也觉得得不偿失，所以你不必怀疑我们的诚意。"

"那好吧，我们明天就离开瑞士。现在，请将这位女士的手交给我吧！"

"这样最好。哈哈哈。"高个子黑袍人满意地大笑几声。常青儿的双手被松开了。她呻吟一声倒在何夕的臂弯里，身体仍止不住地发抖。四个黑袍人像出现时一样快速地消失在了黄昏的峡谷里，四周只剩下冷风呜咽。

七

四川南部，守苑。

从瑞士回来已过半月。这段时间以来，何夕回绝了所有应酬，独自一人留在这处能让他心绪平静的地方，想一些只有他自己知道的事情。铁琅和常青儿天天打电话，但何夕一直说还不到时候。直到前天上午，他突然请铁琅和常青儿过来，算起来他们应该快到了。

黄昏的湖畔充满了静谧的美，夕阳洒落的碎屑在水面上跳着金色的舞蹈。所谓的"湖"，其实是一个有些拔高的说法，眼前的这并不浩渺的一汪水称作"池塘"也许更加贴切。何夕伫立在一株水杉树旁，凝视着跳荡的水面，像是痴了。

"想什么呢？"不知什么时候，铁琅和常青儿已经站在了一旁，当然与这句问候相伴的照例是铁琅重重的拳头。

"阳光下的池塘很美，不是吗？"何夕的声音与平时不太一样。

"还行吧。"常青儿环视了一下，"可没瑞士的风景好。"

"你们看过法布尔的书吗？"

"不就是写《昆虫记》的那个博物学家嘛！"铁琅咧嘴一笑，"以前看过，觉得很好玩。一个大人像孩子一样天天对着小虫子用功，不过，他真是观察得很仔细。我记得有一篇写松毛虫的，他发现松毛虫习惯一只地接着一只地前进。它故意让一队虫子绕成圆圈，结果那些松毛虫居然接连几天在原地转圈，直到饿晕为止。当时我一边看这一段，一边想象着一队又胖又笨的松毛虫转圈，肚子都笑痛了。"

"还有这么好玩的书啊，以后我一定要找来看。"常青儿插话道。

"我现在屋里就有一本。不过，我最喜欢的是法布尔笔下的池塘，那是个充满生命之美的地方。"何夕的眼神变得有些迷离，"我觉得当这个世界上有了阳光、池塘之后，所有后续的发展其实都是顺理成章的事情。阳光下的池塘是唯一关键的章节，故事到此，高潮已经达成，结局也早就注定，后面的那些蓝藻、草履虫、小麦、剑齿虎、孔子、英格兰、晶体管、美国共和党等其实都只是旁枝末节的附录罢了。"

"你在说什么啊？乱七八糟的！"铁琅挠了挠头，和常青儿面面相觑。

"好吧，还是说正题吧！"何夕招呼大家坐下，品尝他喜欢的龙都香茗，"常青儿，我前天说的事情办好了吗？"

"还说呢。一连那么多天谁都不理，突然打个电话来就是让我去悄悄搜集我弟弟脱落的脚皮。"常青儿忍不住发着牢骚，"这叫什么事儿啊！"

"你没办吗？"何夕有些沉不住气，他实在没有把握摸透这女人的脾气。

"哪儿敢啊，是大侦探的命令嘛！"常青儿调皮一笑，"那些脚皮都送到了你指定的中国科学院病毒研究所，他们保证结果出来后马上同你联系。可你为什么要这么做？"

何夕沉默了几秒钟："知道我当时为什么要答应离开瑞士吗？"

"问题已经解决了啊！那些人不就是想通过我弟弟得到常氏集团的投资吗？现在他们放弃了。这种事在生意场上很常见，只不过他们的手段比较过分罢了。你帮我们查清了问题，我父亲很感谢你的，还特意委托我这次来一定要邀请你到家里做客。我父亲说了，"常青儿的脸突然微微一红，"常家的大门永远都对你敞开。"

"是啊，问题已经解决了。"何夕低声说道，"我都没有想到会这么快就办到了。可是……"

"可是什么？"

"相比于我以前经历过一些事件，这件事起初显得非常诡异，但是调查起来却非常顺利，真相仿佛一下子就浮现出来了。但其中还有一些疑点没有得到解释。比如说，常正信变脸那次……"

"我分析那应该是一种魔术。"铁琅插话道，"就像当年大卫表演的一些节目，直到现在都还没有人说得清楚其中奥妙。"

"可是我不这样想。"何夕摇摇头，"那些人花费了那么多精力，设计了那么多圈套，最后却轻描淡写地放弃了事，这不符合常理。"

"他们不是说是因为不愿意与你为敌吗？"常青儿提醒道。

"你太抬举我了。"何夕苦笑，"我没有那么大的影响力。我问你：你们常氏集团有多少资产？常正信名下又会有多少？他们本来已经完全控制了常正信，巨大的利益已是唾手可得，现在为什么会主动放弃？"

"你这么讲我也觉得有些奇怪了。"常青儿不自信地嗫嚅道。

"所以，我分析他们的承诺只是拖延时间的权宜之计，他们似乎……在等待着什么事件的发生。也许，到时候这个故事才会真正开始。"

"你把我都说糊涂啦？"铁琅一头雾水地说道。

"我现在也说不大好，就算是直觉吧！不过，我想事情的真相总会弄清楚的。"

这时，何夕的电话突然响起来："是我，崔则元。"一个穿着白色工作服的人出现在电话屏幕上。

"结果出来啦？"何夕的语气显得很兴奋。

"我不明白你为什么要跟我们大家开这个玩笑。"崔则元的表情很严肃，"那位女士说你要求我们在最短时间内给出结果，我的助手放弃了休假，没想到却是个恶作剧，虽然我们是朋友，但这也太过分了点儿吧？"

"等等。"何夕有些发蒙，他没想到一上来就被劈头盖脸训了一顿，"我只是拿份人体样品给你检测一下 DNA 序列，这是你的本行啊，怎么就过分啦？"

"可你拿给我的根本不是什么人体样本啊。虽然它看起来和人体脱落的皮肤一模一样，我不知道你玩的是什么魔术，可里面根本就不包含 DNA，听清楚了吗？它里面没有脱氧核糖核酸，没有双螺旋结构，连蛋白质都没有——它根本就不是人体样本，甚至也不是任何生物的样本！"

"啊？"何夕转头看着常青儿，"你确定拿的是你弟弟的脚皮吗？"

"我当然确定。"常青儿委屈地叫了起来。

何夕蹙紧了眉，良久之后从椅子上撑起："走吧，我们该出发了。"

"到哪儿啊？"铁琅问道。

"去看看那件不是样本的样本。"何夕有些恼火地捏了捏拳头，"看来故事终于开始了。"

八

湖北省武汉市，中国科学院病毒研究所。

在崔则元看来，何夕近来大概是有些不正常。大家相交多年，还从来没有像现在这样话不投机。说起来，崔则元走上现在这条道路还跟何夕有点关系，在中学时代崔则元正是受了何夕的影响才对生物学产生了浓厚的兴趣。不过，后来，崔则元才知道对何夕来说生物学只是一个普通爱好罢了，何夕后来并没有像其他人一样升入正规的大学，他放弃了考试，一个人跑到不知什么地方逍遥去了。在差不多8年的时间里，所有人都同何夕失去了联系，等到何夕重新回到原有的圈子里时，原来那个面色苍白显得有些青涩的少年已经变得皮肤黝黑、目光灼人。关于那几年的经历，何夕从来都没有正面回答过别人的询问，有时候被人问得急了就说是到"阿尔西亚山"参禅去了。只有少数相关专业人士能从这句话立刻听出何夕是在胡诌，因为虽然真的有一座"阿尔西亚山"，但是它却位于火星。

虽然崔则元认定何夕这次是在胡闹，但凭多年的经验，他深知何夕的狡辩本事，所以并不敢太大意。崔则元至今还记得多年前的一件小事，当时几位朋友对何夕那与众不同的往左斜梳的发型发生了兴趣，于是借机追问何夕为什么总是特立独行，连头发都和大多数人弄得不一样。结果，何夕只一句话便让大家乖乖闭上了嘴："你们照镜子欣赏时头发不全是往左梳的吗？这说明往左梳才好看。"

这次让崔则元觉得不对劲的是何夕居然要求他们重做实验，以便从那些根本不是生物材料的样品里面找出"也许隐藏了的DNA"。

"开什么玩笑？"崔则元嚷嚷道，"你不会怀疑我们的技术吧？我们这里可是全亚洲最好的生物实验室。明明是你拿来的样品有问题。"

何夕正在电脑上打游戏，这是他休息的一种方式。屏幕上是古老的任天堂游戏"超级玛丽"，那个采蘑菇的小人儿正起劲地蹦跶着。"超级玛丽"是何夕儿时的一种鼻祖级游戏机上的经典，现在何夕是通过电脑上的模拟器来玩。也许是童年时的印象太深，直到现在何夕也只喜欢这些画面简单但却充满无穷乐趣的游戏，他觉得这才是游戏的精髓。听到崔则元的话，何夕有些恋恋不舍地关掉程序，开口道："可常青儿向我保证这的确是人体皮肤样本。"

崔则元不客气地反诘："女朋友说得总是对的，是吧？"他的这句话立刻让一旁的常青儿羞红了脸，她局促地低下头。

"那你们分析出来样品到底是什么了吗？"铁琅恰到好处地岔开话题。

"老实说，我们也正在伤脑筋。虽然我们知道这不是生物材料，但是却不知道它到底是什么东西。"崔则元困惑地挠着头，"我从来没有见过这种东西。它像是一种全新的高分子聚合物，它的元素构成同蛋白质相似，也是碳氢氧氮等的化合物，但各元素的比例完全不对，而且分子量很大。"

"这么说，它是一种高分子化合物？"何夕沉思着，"可怎么会来自常正信的身体？"

崔则元简直无语了，他脸上的表情已经代替他下了结论：感情真的会让人变蠢，即便是像何夕这样的所谓聪明人也不例外，"我最后再强调一次啊，它不可能来自人体。"

"会不会常正信的体表覆盖了这样一种特殊材料？"铁琅突然开口说出自己的推测。

"这倒很有可能。"崔则元表示赞同。一旁的常青儿也忙不迭地点头。

一丝神秘的笑容在何夕脸上浮现开来："虽然这个解释看起来很不错，但我不这样认为。这样吧，我请你们再做一次实验。"何夕转头对常青儿说，"你弟弟应该快来了吧？我们到机场接他。"

"你为什么要我骗他说是来武汉旅游，我不能说实话吗？"常青儿不解地问。

"常正信知道得应该比我们多一些，我们必须有所防备。"何夕转头看着崔则元，"等会儿打麻醉剂时手脚可得快点儿。"

"哎，我们是不能违背当事人的意志采集样本的。这是有法律规定的。"崔则元听出了其中的奥妙，急忙发表声明，"违法的事情，我不能做。"

"违法的事你做得来吗？你以为是个人就能犯法吗？那得具备必要的才能。比如像我和铁琅这样的。"何夕得意地拍了一下胸脯。

"那也不行。如果你们不能保证事情合法，我是不会配合的。"崔则元很坚持。

何夕同铁琅对视一眼，露出招牌式的坏笑。他从上衣口袋里拿出张纸递给崔则元。

"这也能拿到。"崔则元看着大红印章，隐隐觉得事情越来越不简单。

"所以说，崔则元同志，执行命令吧！"何夕语重心长地说。

九

常正信已经进入了深度麻醉状态。何夕端详着常正信的脸，特别注意观察着常正信的皮肤，但无论他怎么仔细，也没能看出有什么特别的地方。这次采集的样本是七个，分别采自常正信不同的组织部位。此前，崔则元还从来没有从一个人身上采集这么多样本。因为按照 DNA 鉴定的原理，采集一个就足够了；但是何夕坚持要这么做，却无法说出理由。不过，崔则元已经感觉到这本来就是一件不合常理的事件，也许应对的方法也应该不合常理。

检测结果对崔则元来说完全是一场灾难。

"这不可能。"崔则元面色苍白，同众多以技术立身的人一样，他一向有着稳定的心理素质，但他现在面对的是远远超出了他的全部想象力的事件。七件样品中有六件样品的结果同第一次实验是一样的，只有一件样品表现出了人体生物学特征。如果按照这个结果来看，常正信基本上就不是人类。但这怎么可能？每件样品都是崔则元亲自采集的，为了彻底驳倒何夕，他甚至没让助手帮忙！

"你们明白吗？他根本不是人类。"崔则元大叫道，"你们明白吗？"

"那他是什么？另一种生物？"铁琅的面色一样苍白。之前的结果还可能是因为常青儿拿错了样本，但现在却是由最严格的实验得出的结论。

"不，他甚至不是生物体。"崔则元的语调变得有些恐怖，"你们明白我的意思吗，所有生命的基石都是核酸，也就是 DNA 或 RNA，从病毒到野草到大象再到人类，核酸的编码决定了蛋白质的性质。可他体内没有核酸，我不知道他是由什么构成的。"

"你们胡说！"常青儿大喊道，"虽然正信近来是有些古怪，但我敢肯定他就是我的亲弟弟。我不管你们的什么科学实验，我只相信自己的感觉。他就是我的弟弟。"

"不是还有一份样品的结果正常吗？"何夕倒是很冷静。

"对对，是这样的。"崔则元看了眼电脑屏幕上的结论，"那份样本取自脊髓。它部分正常，像是一份混合体，就是说它表现了部分人类特征。而且我拿这份样本同常青儿的 DNA 数据做过比对。如果单以这份样本来看，可以判断他们是姐弟关系。"

"脊髓。"何夕念叨了声，"那另外几份样品都分别取自哪里？"

"肌肉组织，皮肤组织，肝脏，血液及腺体组织。"

"这么说，常正信身体的绝大部分都出了问题。"

"我不知道该怎么描述。"崔则元无法抑制自己的情绪，"他的生理机能都很正常，在显微镜下他身体的每一个细胞都充满活力；但从严格意义上讲，他的确不应该称作人类。"崔则元点击一下键盘，屏幕上立刻显出电子显微镜下一群活细胞的图像。"这是取自肝脏的部分。"崔则元补充道。

"难道他是机器人？"铁琅分析道，"或者说，是一种复合型的机器人？因为他毕竟还有少量人类的成分。"

"但是你们知道我的感觉吗？"何夕凝视着屏幕，"崔则元，你是专家，你能看出这群肝脏细胞同正常人的肝脏细胞的区别吗？"

"说实话我不能。"崔则元无奈地承认，"你们看这里，液体在流动，线粒体在燃烧，葡萄糖酵解成丙酮酸，并在三羧酸循环中释放出大量的三磷酸腺苷，由此提供生命必需的能量。一切都井井有条。"

"这也正是我的感觉。"何夕的声音变得有些古怪，仿佛是在宣告着什么，"所以它们不可能是机器，它们是生命。"

"可它们没有 DNA，也没有蛋白质，不可能是生物体！"崔则元近乎绝望地想要捍卫自己的信念，虽然他感到自己心中那座曾经坚不可摧的大厦正在何夕的话语中坍塌。

"我没说它们是生物体啊！"何夕淡淡地纠正道，"我只是说它们是生命。"

十

北京，某地。

"你们怀疑这可能是一次生化事件的前奏。"齐怀远中将在静听了十分钟后发言道。他大约五十岁，身形瘦削，目光中闪烁着军人特有的坚毅。

"这正是我们求助军方的原因。本来事情的起因只是有人企图非法获取他人的资金，但现在看来，问题远不止于此。有一种奇怪的技术出现了。"何夕尽量让语气平缓，他同齐怀远并不是初识，在以前的一次突发事件中打过交道，何夕在其中起到了重要的作用，虽然出于可以理解的原因，这一点在军方档案中并没有任何记录。

"他们的目的是什么？"

"现在还不知道，但这个世界至少已经有了一些怪异的个体。我知道其中一个人能像猿猴一样在树上跳跃，并且能用一颗小石子轻取他人性命；另一个则能够随意改变自己的相貌。"

"听起来就像是神话。"齐怀远目光深邃，如果对方不是何夕的话，他早就对这番奇谈怪论嗤之以鼻了，"那你要我们做什么呢？"

"尽可能地给予我们帮助。"

"在苏黎世，我们没有太多力量，你知道那里并不是热点地区。"

"但是你可以动用其他的力量，包括盟友。我是说，包括你能运用的一切力量。"

"有必要吗？现在事情的真相还没有弄清，也许这只是一个局部事件。"

"也许你还不清楚我的意思。"何夕正色道，"如果你看到过那些细胞，如果你从生命的角度上来看问题，你就会意识到这是一个多么严重的事件。"

"有多严重？"齐怀远被何夕严肃的语气所惊到。

"就一般的生化事件而言，往往是某种致病微生物参与其中，导致一定数量的人群受到感染并出现病理特征；而现在我们面对的却是一种未知的现象，准确地说，我们见到了一种此前地球上根本不存在的生命现象。"

"对不起，你的话让我理解起来有些困难。"

"在我们的世界上存在着几百万个物种，加上那些曾经存在但现在灭绝了的，数量则更为庞大。从几微米的病毒到高达百米的美洲红杉，从深海巨乌贼到南极地衣孕育的孢子，生物界按门、纲、目、科、属、种的规律分成了各个类别。生物体之间无论是外形还是功能都存在着巨大的差异；但是从根本上说，所有生物都具有同一性，即它们都具有相同的遗传物质类型，它们之间的差异只是 DNA 或 RNA 的编码不同而已。明白我的意思吗？我们不仅和猿猴来自同一个祖先，从最根本的意义上讲，我们同你窗台上栽种的云南茶花也来自同一个祖先。但是，这次我们却见到了一种完全另类的生命。"

"你是说我们可能遭遇了外星生物的入侵吗？"齐怀远的声音有些颤抖，这在他的军人生涯中是绝无仅有的事情。

"现在我还不知道这到底是一次怎样的事件。"何夕的语气沉重而无奈，"但愿我们能早些知道事情的真相。我们需要时间，但愿我们有足够的时间。现在你明白我为什么请求你动用所有力量了吗？"

"是的，我明白了。"齐怀远拿起旁边的红色电话。

十一

苏珊在快餐店像往常一样点了一份肉馅儿饼和一杯咖啡。今天是周日，这个时候客人还不多。一位头发花白的老人坐在窗户边悠闲地品着红茶。两位学生模样的女孩儿在窃窃私语，不时发出低低的笑声。苏珊拿着汤匙慢慢地搅动着，回想着出家门时女儿艾米丽稚嫩的笑声。作为一名单身母亲，四岁的女儿几乎就意味着她的一切。苏珊感到自己的手心很干爽，这是她觉得安全的表现。哪怕是潜意识里有一丝危险的警告，她的手心就会变得潮乎乎的，这是只有苏珊自己才知道的秘密，就连当年在特工训练营里的教官们也不知道这一点。就在这时，她看到了那个人，虽然和照片上相比并不一致，但苏珊的直觉告诉她，就是这个人了。

"和这位女士一样。"来人一边对侍者说着话，一边坐下来，他摘下墨镜，显出灼人的眼睛。来人正是何夕。

"他们给我的照片上你没有胡须。"苏珊点了点头，算是打招呼。

"是粘上去的。"何夕笑了笑，"苏黎世有认识我的人。"

"我接到的命令只有一条，就是执行你的一切命令。"苏珊的声音很低。

"我需要查询今年 4 月 13 日一批货物的流动路径，我知道它们发运的起始地点。"何夕在地图上指明了一个点。

"时间有些久了，不知道沿途的监控录像是否还保留齐全。"

"并不需要全部齐全，只要有一个大概的路线图能帮助我们推测货物的去向就可以了。"

"这应该能办到。我明天给你结果。"苏珊突然努了下嘴，"不是说你就一个人吗？那边那位一直朝我们看的人是谁？"

何夕悚然回头，虽然隔着几排座位，何夕还是一眼就认出了戴着帽子、遮遮掩掩的常青儿。常青儿大概也意识到自己已经暴露，有些不好意思地笑了笑。

"是你的搭档？"苏珊仿佛看出了点什么。

"算是吧。"何夕低头啜咖啡。

"那我先走一步。"苏珊起身，"但愿我能尽快给你带来好消息。"

何夕慢腾腾地踱到常青儿的座位边："这边有新的生意需要常

大小姐亲自打理吗？"

"就是就是。"常青儿忙不迭地借坡下驴，"碰到你，真是好巧啊！"

"事情办完了吗？如果差不多了，还是早些回去吧。"

常青儿抬眼看着何夕，黑白分明的眸子里闪过一丝委屈："我知道我帮不了什么忙，可是，我真的很担心你。所以……"

何夕暗暗叹了口气，老实说，近段时间以来这个有别于一般富家小姐的常青儿已经在他心里留下了印迹，但他知道这没有太大意义，这种温馨平凡的情感对于他这样的人而言是可望而不可即的。每个人的现在其实都源自他的过去，一些事情虽然已经成为过去，但却永远不会消逝。就像多年前那海边古堡里阴冷的风声，这么久了，一直还在何夕的耳边回响。

"你知道我们面对的是些什么人吗？"何夕尽力使自己的声音显得冷漠，"你留在这里只会让我分心。"

"我能照顾自己。你是在帮助我弟弟，我不能袖手旁观。"

"我以前为你们所做的只不过是商业行为，是我的工作罢了，你们也已付了足够的报酬。我现在已经不是在帮你的弟弟了，我接受了另外的委托。所以请你立刻回去吧，不要妨碍我的工作。"何夕抛下一句话后，头也不回地离开了。

十二

贝克斯盐矿位于日内瓦湖以东，总长度超过 50 千米，从公元 1684 年一直开采至今。一年前，有位神秘人士买下了盐矿的部分废弃区，苏珊调查的结果表明，常正信运走的货物大部分正是运到了这里。贝克斯盐矿的部分已经开发成了旅游景点，但废弃区却终年人迹罕至。

从望远镜里看去一个守夜人模样的老人斜倚在躺椅上，像是睡着了。何夕和苏珊没费什么劲儿便潜到了山脚，现在是夜里十一点，从外面看上去，山壁上的入口处一片漆黑，也听不到有什么声音。旁边惨白的路灯照在草地上，一株被锯得光秃秃的梧桐树在地上投下古怪的黑影。

"我进去了，你留在这里。"何夕吩咐苏珊道，他收拾着开锁器具。洞外的轻松很可能意味着里面加倍的危险。

"随时保持联系。"苏珊手里紧攥着一支枪，声音有些微的颤抖。

何夕点了点头，然后急速地从洞口溶进黑暗之中。苏珊警惕地四下张望，然后退守到那株梧桐树下，借助树的阴影潜伏。苏珊对这个位置很满意，周围空旷，便于她观察，而在昏暗的路灯下，没有人会注意到这里潜藏着一个人。但不知怎的，苏珊突然感到手心里满是汗水，她觉得似乎有什么事情不对劲。几乎就在这种感觉升起的同时，苏珊感到一个铁钳一样的东西攫住了自己的咽喉。在意识即将离开苏珊的身体之前的一刹那，她终于在挣扎中看见了欲置自己于死地的究竟是什么东西……

一张鬼脸！这是苏珊脑海中涌现的最后一个意识。

"啊——"一声凄厉的惨叫在黑暗中响起，是常青儿的声音。何夕从洞口中冲出来，映入他眼帘的是昏厥倒地的常青儿。

……

"你醒了。"何夕关切地望着常青儿，"喝口水吧。"

"鬼脸！我看到一张鬼脸！"常青儿显然还没有从惊吓中缓过来。

"什么鬼脸？"

"是一张长在树上的鬼脸。"常青儿眼睛里充满恐惧，"太可怕了。"

"树上的脸？"何夕沉吟着，他突然失声叫道，"是那棵梧桐树。我出来的时候那棵树和苏珊都不见了。我知道了，那根本就不是一棵树，而是一个人！守夜的老人只是一个摆设，他才是真正的警卫。"

"对不起，我悄悄跟踪了你。"常青儿嗫嚅着，"我只是担心你。"

"看来这一次是你救了我。如果不是你突然出现打乱了对方的计划，我也许已经在毫不知情的情况下被暗算了。可是苏珊……"何夕难过地低下头。

"你说那棵树其实是人？这怎么可能。"

"我想那也许应该叫作模拟。想想常正信吧，他曾经在几分钟时间里不借助道具便变成另外一个人，使得所有人都无法分辨。我不认为那是什么魔术。今天我们显然遇到了一个能力更加强大的人，他甚至能模拟植物。现在，我都不知道究竟什么地方是安全的，也许这个房间里的某株盆景……"

"别吓我。"常青儿身子有些发抖，紧张地四下张望。

"没事的，我已经检查过了。"何夕怜惜地抚着常青儿的额头，"你休息一下。"

十三

苏珊只是受了点儿轻伤。警方第二天上午发现一辆车撞在了公路护栏上，昏迷的苏珊就在后排位置上，前排位置上有一摊血，但司机不见了。医生检查的结果是她的身体没什么大碍。看来绑架者的驾驶技术不怎么好。

"很抱歉，让你担心了。"苏珊躺在病床上，面容有些憔悴。一个粉嘟嘟的小女孩紧紧依偎在她身上，大大的眼睛里还闪动着害怕的神色，那是她的女儿艾米丽。苏珊充满爱怜地紧握着艾米丽的手。

"是我没有考虑周全。你先休息，别想那么多。"何夕安慰道。这时，他的电话突然响了，电话屏幕上的铁琅显得心神不宁，他的第一句话便是"常正信死了"。

何夕悚然一惊，这已经是事件里的第二个死者了。

"是这样的，这些天他本来一直留在病毒所的实验室，情绪也比较平静。但从前天开始，他就强烈地要求出去，我们当然没有答应。结果，今天早上他突然强行逃跑，还抢了警卫人员的枪。就在我们试图劝说他放弃行动时，他突然冲到了马路上，一辆货车刚好经过……"

何夕沉默了，他感觉眼前仿佛出现了巨大的黑影，而且这个黑影还在不断地逼近，行将吞噬一切。

"你怎么啦？"铁琅关切地询问。

"噢，没什么。"何夕摇了摇头，"你马上让崔则元他们再对常正信做一次全面的 DNA 检测，还是从以前的那些身体部位取样。"

"什么意思？"

"先别问这么多，照着做吧。我预感到我们离真相更近了。"

"发生了什么事？"苏珊撑起身，"我可以帮忙吗？我已经没什么事了。"

"没什么。"何夕不想吓着艾米丽，"你先休息。"

"我真的没什么了。"苏珊执意下床，"有了这次的经验，我知道该怎么做了，那些家伙不会再得手了。我现在就能继续工作。"

"那好吧，这次我们白天去。"何夕敬佩地看了眼这个坚强的女人。

但他们晚了一步，一小时后，映入他们眼帘的是已经炸成了废墟的矿场入口。

十四

"常正信的DNA检测结果出来了。"电话屏幕上的铁琅神情严肃。

"我猜想脊髓部分也一定完全变性了。"何夕先发表了看法。

"正是这样。可见，在常正信身体上发生的可能是一个渐变的过程。"

"现在可以理解他在伪装常近南时的表现了，当时那种东西还没有完全控制住他，所以他在最后一刻改变了命令。"

"我还是不明白他身上到底发生了什么事情？难道是一种病毒感染吗？可崔则元说这种东西根本不是生物材料。"

"我想快知道答案了。对了，关于那些海水你调查得怎样？"

"说实话，我正头疼呢。我找遍了全球各处的水文资料，都没发现和它成分相近的地方。稍微比较接近的是黑海的海水，但差异也不小。真不知道常正信从哪里搞来的这些海水。"

"记得我曾经说过吗？我说你可能找不到匹配的结果，因为……"

"因为什么？"铁琅嚷嚷道。

"因为你没有时间机器。"何夕没头没脑地说完这句话便挂断了电话，留下铁琅一个人兀自在电话那头发呆。

"那我们下一步怎么办？"苏珊正擦拭着她喜欢的P990，这款出自德国瓦尔特公司的手枪是她从不离身的爱物。

"我们的大方向应该没有问题。"何夕皱眉思索，"但是一定有什么地方被忽略了。这个组织虽然神秘，但时间上不像成立太久。常正信到戴维丝太太那里租房是在他到瑞士第三年之后的事情。"

"你有什么新想法吗？"

"让我想想。"何夕的神情突然一变，"我现在要出去一趟。你先赶到贝克斯盐矿等我。"

"那里不是已经被毁掉了吗？"

"总之你先到那里去，再等我的通知。"

雷恩刚上车，一个黑洞洞的枪口就从后座上对准了他的后脑。

"教授，您这么急是去哪儿呢？"何夕似笑非笑地问，"是贝克斯盐矿吗？"

"你是什么意思？我想起来了，你是那天那个中国人。"

"记忆力不错。但我们其实不止见过那一面，还有郊外那一次。"

"我不明白你在说什么？"

"当时你改变了说话的语气，加上又罩着黑袍，我完全没有认出你。直到几小时以前，我才受到另外一件事的启发，想起当时你的笑声，当时你很得意，人在得意的时候会疏于伪装。你成功地改变了语气，但笑声暴露了你。"

"是吗？"雷恩镇定了些，"那启发你的又是什么事情呢？"

"是我发现你撒了一个不起眼的谎。我查过常正信的资料，他选修的古生物研究论文获得了当年的最高分。在专业上表现得这样优秀的学生，你却说想不起这个人了。这符合逻辑吗？除非当时你是想刻意掩饰什么；还有，我们刚与你接触就被人注意到了，结果导致戴维丝太太死于非命。"

"这些只是你的推测。"

"不用狡辩了。虽然我还不知道你在那个组织里居于什么位置，但至少你能带我进到贝克斯盐矿，我想看看里面究竟发生了什么事情。"

这时，何夕的电话响了，是苏珊："我已经到了盐矿，但这里的确是一片废墟，我不知道你派我来干什么？"

"我马上就到。听着，雷恩教授会带我们进去的，他现在和我在一起。"何夕挂断了电话，对雷恩说，"需要我帮你带路吗？你应该知道我杀过人的，而且不妨告诉你，我还杀错过人，并且不止一个。"

"好吧。"雷恩嘟囔了一声，无奈地发动了汽车。

十五

事实证明，何夕这次动粗很有效。

雷恩很配合，他从汽车尾箱里找出了两具黑袍给何夕和苏珊披上，然后引领他们从另一个伪装得极其隐蔽的入口进入了矿场。通道里不时有人擦肩而过，每个人都非常恭敬地向雷恩致意，可见雷恩在这个组织里一定地位不低。

在最后一道门前站着一名警卫，何夕立刻意识到这个人他见过不止一次，因为他有一双明显异于常人的，特别长且粗壮的手臂。

"教授，您好。"那人挺了挺腰板。何夕注意到他手里握着一把石子，眼前不禁浮现出戴维丝太太的死状。

"把门打开。注意警戒。"雷恩下达了命令。三个人进去后，雷恩按下开关，厚重的合金门缓缓合上。

眼前的景象让何夕有些发晕。

盐矿里存放的不是盐，而是一些瓶子，很小但是很多，多到难以计数，它们在一排排的柜架上密密麻麻地重叠铺陈。无数这样的瓶子组合成了巨大的阵列，顺着甬道延展开来，直到蔓出了视线。摆放瓶子的高墙向上连接到矿井的顶部，让置身其中的人备感渺小。

"你们应该感到幸福，能够目睹这个世界上最伟大的奇迹。"雷恩显得很镇定。

"我在数这里有多少个瓶子。"何夕的语气很平静。

"你一辈子都数不完的。我来告诉你吧，整个系统的瓶子数量是十亿。"雷恩露出笑容，"这些六棱小瓶的排列方式类似蜂巢，一个巨大的巢。老实说，如果一个人做了件了不起的事情却没有人欣赏也很无趣，所以今天让你们参观一下也不错。"

"但是这些瓶子里面好像没什么动静。"

"当然，现在这里只是一个伟大的遗迹，它们的使命已经完成了。"

"什么使命？"

"那是一种你们永远无法理解的使命，是上帝借由我的手来完成的使命。每个瓶子里大约装有一毫升的液体，而十亿个瓶子里的液体成分都是不同的，由计算机在很宽泛的范围内按一定算法随机配制。有些瓶子里的成分非常奇特，但谁又真正知道生命会选择怎样的环境呢。每个小瓶每秒钟里大约发生十次放电现象，那是我们制造的微型闪电。这是一幅多么壮观的景象啊！无数的闪电将整个地下矿场变得比白昼还要明亮。每个瓶子里其实都是一种可能的原始行星环境。从理论上讲，我们存放着十亿颗各不相同的行星。你明白我的意思吗？"

"我明白了，许多年前米勒等人就曾经做过这样的事情，他们模仿原始地球的海洋成分，然后通过持续的电击，最终从无机物中创造了氨基酸等构建生命的有机物质。你是在重复他们的工作吧？"

"不是重复，我所做的工作远远超越了他们。"雷恩脸上充满得意的表情，"他们仅仅设计了一种可能的行星环境，而我从一开始就站在比他们高出百倍的地方，我做的是他们连做梦都无法想象的事情。"

"其实我猜到了你在做什么？"

"不可能。"

"你是在制造更高位数的生命。"何夕的眼睛闪现出洞悉一切的意味，"我说得对吗？"

五秒钟的沉默之后，雷恩不禁拍了拍手："你真让我吃惊，居然能够明白其中的真相。你是怎么猜到的？"

"很多人认为常正信能够不借助任何工具改变容貌是一种魔术，但我意识到这可能是一种不可思议的生命现象，是一种超级模拟现象。"何夕注视着雷恩，"而你那位能在树上纵跳如飞的下属更坚定了我的看法。然后是奇异的瓶子，它六棱的形状暗示着数量的庞大。加上瓶子里与原始海洋类似的液体成分，还有常正信身体里的奇异成分……这些线索的共同作用最终把我引到了这里。"

"你真应该做我的同行。"雷恩眼里闪过一丝欣赏的光芒，"我承认你猜对了。"

"那你成功了吗？"

"你以为呢？"

"应该是部分成功了吧。至少我亲眼看到了一些奇怪的人以及他们奇特的表现。这么说来，他们真的是另一种生命吗？"

"人们都说 DNA 或 RNA 是生命的基石，其实 DNA 是由鸟嘌呤、腺嘌呤、胸腺嘧啶、胞嘧啶四种碱基编码而成的，每三种碱基对的排列组合决定了一种氨基酸的结构和性质，并最终决定蛋白质的性质。碱基才是构成地球生命的终极基础。DNA 不过是一段代码，四种碱基就相当于数字 0、1、2、3，它们在双螺旋上的排列组合方式决定了蛋白质的构成，进而决定了地球上千万种生物的多姿多彩的表现。从某种意义上讲，地球上的所有生命都不过是一段各不相同的四进制程序代码罢了。"

"那你发现的究竟是什么呢？"

"那是一次极其偶然的事件。其实，当时我的实验远没有达到现有的规模，行星瓶的数量是一百万个。我永远记得那个编号为 637069 的行星瓶，它是孕育了新型生命的摇篮。没有人在事先能预料到我们的实验会有什么结果，就算我的内心深处曾经有过朦胧的构想，但这一事件超出了最大胆的假设。但是我很快意识到什么事情发生了，X 光衍射结果表明，有一种呈三螺旋结构的超级核酸物质出现了。你应该知道，在 X 光衍射图像下 DNA 的双螺旋结构呈现为'X'形，而超级核酸的三螺旋结构呈现出清晰的'*'形。当时我的感觉简直无法用语言形容。"

"那是成功的感觉，对吧？"何夕说着点了点头，"这是好事啊，凭借它，没有人能和你争夺诺贝尔生物与医学奖。"

"我曾经这样想过。但是，我想到了更多。在超级核酸的编码下，全新的氨基酸诞生了。在四进制生命中，氨基酸最大的可能数目是 64 种，而在八进制生命中，氨基酸最大的可能数目是 512 种，这是多么巨大的飞跃！由此产生的全新的蛋白质种类更是呈现爆炸式的扩张。直到此时此刻，生命才真正成了无所不能的存在。"

"不过，按照人类现在的标准，这些新的核酸和蛋白质都不能定性为生物材料。"何夕插话道，"比如，我的一位生物学专家朋友就认定常正信不是人类，甚至不是生物体。"

"这很正常，就好比 Windows 操作系统的程序无法在 DOS 操作系统下运行一样，虽然前者肯定高级得多。如果 DOS 系统有知的话，它一定会认为所有的 Windows 程序都不能称作程序，而是一堆不可理解的、无意义的乱码。"

"你说得不无道理。"何夕若有所思地点头，"那后来呢？"

"我们以那个行星瓶为蓝本，将规模扩大到了十亿。这多亏了像常正信一样的人的帮助，当时戴维丝太太的地下室里有两亿个行星瓶，那是我们的一个重要节点。最初诞生的超级核酸是极不稳定的，直到一年之后，你应该能算出来，这其实就相当于自然界里十亿年的时间，稳定的超级核酸产生了。然后，我在一种普通的病毒上植入了超级核酸，我称之为'＊病毒'，也可称为'星病毒'。"

何夕倒吸了一口凉气，他觉得自己的背脊有些发麻："你知道自己在做什么吗？"

"我当时只是想做个验证。我想知道超级核酸会表达出怎样的生命意义。也许你会说我的好奇心太重，但现在看来，我当时的行为更像是一种宿命。其实，我想在宇宙中，8进制生命迟早会自行诞生，所需的不过是更长的时间罢了。40亿年前，地球逐渐冷却，然后大约5亿年之后，4进制生命诞生了。从此，你们这些低级的四进制生命体就占据了这颗星球，而八进制生命的演化进程就此搁置。现在好了，看看四周吧，我创造了这个大自然要用10亿年才能完成的奇迹，现在该是你们让位的时候了。超级核酸自有它强大的生命力，从它诞生的时候起就已经在影响周围的一切。有时，我感觉根本不是我创造了它，而是它找到了我。它在冥冥中借用我的大脑，借用我的手，创造了它自己，从十亿年后来到了现在。"雷恩的神色变得有些恍惚，"它是那么奇妙，拥有那么不可思议的魔力。"

"你这样说让人很难理解。"

雷恩脸上显出高深莫测的笑容，其间还夹杂有一丝不屑："在宇宙万物中，没有比生命更神秘的事物了。生命诞生之初是那样的孱弱，一丝紫外线、一点高温都能彻底消灭它；但是，在冥冥中，在天意的指引下，生命却能占据一颗颗星球。你看看我们脚下这个直径一万两千千米的小石子，它的大气成分、土壤构成、地底矿藏、温度湿度等无一不是几十亿年来生命活动的结果，生命的发展甚至将最终改变整个宇宙的面貌。你永远无法理解我面对超级核酸时的心情，因为你对生命没有我这样的敬畏。"

"但你恰恰没有表现出对生命应有的敬畏。"何夕打断了雷恩的话，"没有人可以扮演造物主的角色，你创造了新的生命，但你打算怎样对待这个世界上原有的生命呢？"

一丝略显尴尬的神色自雷恩脸上掠过，他没想到何夕一句话就说透了他潜藏很深的心思："老实说，我很尊敬你，在低级生命里，你应该算是佼佼者了。如果能有你的合作的话，肯定对我们的计划有所帮助。在宇宙的生命法则里永远是强者生存，你应该识时务。让我来回答你的问题，原有的生命可以被改造。超级核酸拥有了远胜过地球生命的生命力。它有一种强大的生存欲望，被植入核酸的'星病毒'在极短的时间里就迅速改变了整个病毒种群的基因构成，原有的种群根本无法与之抗衡；而且，超级核酸对四进制生命体的感染和改造是全方位的，植物、动物、微生物，都无一避免。我说这些就是希望你能与我们合作。"

"这是绝不可能的事情。"何夕冷笑一声，"而且我还要阻止你。快告诉我'星病毒'在什么地方。"

"这么说来，你真的要拒绝我的提议了？其实我不想强迫你，你最好与我们合作。"雷恩脸上掠过一丝诡异的神色。

"你别忘了现在是我说了算。"何夕晃了晃手里的枪,他觉得雷恩大概是急昏了头。但雷恩奇怪的话语让他心中怦然一动,的确,雷恩为何毫无保留地说出真相?而且今天的事情似乎过于顺利了些……何夕猛地想起一件事,他下意识地回头看着苏珊。

"对不起,何夕先生。"说话的人是苏珊,她手里的 M990 寒光四射。

"这么说,在这两天里发生了一些我不知道的事情。"何夕喃喃自语。

雷恩上前轻抚着苏珊的细腰:"你怎么就没有看出来我和苏珊已经是同类啦?当你找到苏珊的时候,她已经注射了'星病毒'。我们告诉了她真相,后来的一切都是顺理成章的,而下一个接受改造的人就是你。"

苏珊脸上的表情很平静,她很利落地将何夕铐在栏杆上:"我选择忠于自己的种族;而且,地球生命很快就会全部升级成八进制生命。到时候我们都是一样的了。"

"你不是很想知道'星病毒'在哪里吗?我来告诉你吧。"雷恩得意地大笑,"我已经以协助研究的名义将装有特殊样本的盒子送到了世界范围内的七家研究所,再过十个小时,它们就会自动打开,释放出'星病毒'——它们与注射用的病毒不同,被它们感染的个体将具有高度传染性，不仅在人与人之间，也在人与其他生物之间。伟大的超级生命体将从研究所的一个人开始传播，然后以几何级数的方式在短时间内占据这个星球的每一个角落。这个世界上没有任何一种药物能够解除'星病毒'的感染。不，这不是什么感染，而是生命的升华，是八进制生命对地球低级生命的一次崭新升级。那是多么美妙的时刻啊！"

"你不能这样做。"何夕的声音已经沙哑，雷恩的话让他不寒而栗。

"我当然可以这么做。就像是人们都喜欢把自己的电脑升级成高位数一样；而且，升级后，你如果怀旧的话，还可以随时模拟四进制生命，你可以扮演任何你喜欢的低位数生命形象，这难道不好吗？"

"不是这样的。"何夕试着做最后的努力，"生命不应该分出高低贵贱。每个生命体都是独一无二的个体，它有自己的尊严。你这样做其实是对原有个体的灭绝，你难道不明白吗？想想看吧，你觉得自己还是原来的雷恩吗？你的灵魂已经被超级核酸控制了，你成了它的傀儡，成了行尸走肉，这和毁灭有什么区别？还有苏珊，你觉得还有自我吗？问问自己的内心，以前的那个苏珊到哪儿去了。别忘了，艾米丽还等着你，快醒醒吧！"

一丝复杂的神色自雷恩眼里一闪而逝："你不要白费心机来说

服我了。我多年来的心愿即将实现，人类即将迎来伟大的新生命时代。也许你现在还不理解我，但是你很快就会认同我了。"一丝奇怪的笑容自雷恩脸上浮现，他的手里多出了一件样式复杂的注射器。

"'星病毒'已臻于完美，你的运气很好，整个过程相较于以前已经大大缩短，没有任何痛苦，超级生命将完成对你全身细胞的升级。你会毫无知觉地睡上一觉，但醒来后你会发现自己已经脱胎换骨，那是种无比美妙的感觉。"雷恩慢慢逼近何夕。

何夕徒劳地挣扎着，手铐在他的手腕上勒出了血痕。一种从未感受过的绝望攫住了他的心，不仅因为自己即将成为异种，也因为人类将要面临的命运。以何夕的知识，他当然明白雷恩说的是对的，醒来之后他自己也将异化为雷恩的帮凶，任何生命体的心智都从属于自身的物种，就像一只蟑螂永远只会从蟑螂的角度思考问题——假如它能够思考的话。但那是多么可怕的结果，从某种意义上讲甚至超过死亡。汗水从何夕额上滑下，他绝望地闭上了眼睛。

一声沉闷的枪响。

何夕睁开眼。雷恩捂住胸口缓缓倒地，惊骇地望着苏珊。

苏珊凝望着何夕，目光里有奇异的光芒在闪动："你让我想到了我的女儿。她是这个世界上独一无二的珍宝，我不能容许什么东西来替代她。谢谢你。”

"应该说谢谢的是我，还有这个世界上的所有人。"何夕撑起身，苏珊帮他打开了手铐。

"你们阻止不了我的。"雷恩口中流出血沫，他的脸部扭曲得有些狰狞。

"你快走，我坚持不了多久了！"苏珊痛苦地指着自己的头，"它们就要完全控制我了，我感觉得到。那边还有一条安全的通道能出去，你一定要阻止雷恩的计划。"

"你不和我一起走吗？"

"不。"苏珊的脸变得惨白，看得出，她正在用尽全身力气挣扎，"我留下来处理一切。"

"我要带你走。"何夕坚持道。

"你快走！"苏珊突然举起枪，脸上的痛苦之色越发明显，"你知道，我已经不是从前的苏珊了，我随时可能会杀了你的。你快走啊，趁我还能控制自己的时候。"

何夕默然退后，进入通道前他突然听到苏珊最后喊了一声："告诉艾米丽，说我永远爱她。"

"我会的。"何夕答应道，没有回头。

20分钟后，随着一声巨大的爆炸，贝克斯矿场的一隅连同天才雷恩一起埋在了地底深处，为他陪葬的是十亿颗小小的行星。

尾 声

一个月之后。中国武汉。

销毁"星病毒"的仪式最终选在了中科院病毒研究所。实际上，在这一个月里，世界各国专家争论的焦点是究竟应不应该销毁它。但是谨慎的一方最终占据了上风，现在七个潘多拉盒子已经并排着摆放在了熔炉边上。

"真想亲眼看看里面那东西长什么模样。还有，它们到底是怎么诞生出来的。"崔则元小声嘀咕道。

"估计在座的这些人十有八九都有这种想法。"何夕总结道。他至今没有对任何人吐露过其中具体的技术原理，因为他实在没把握，他不知道这个世界上会不会再产生雷恩那样集智慧与疯狂于一身的天才。

"谁让咱们是干这一行的呢。这一个月心里都快痒死了。"崔则元忍不住叹气。

来自联合国卫生组织的高级官员已经讲完了话，按照安排，下一个环节是由他亲手摁下开关，将七个盒子送进熔炉。但是他突然停下了悬在空中的右手，开口道："我提议应该由何夕先生来完成这最后的环节，因为正是由于他的努力才阻止了这场可能毁灭整个地球生物圈的灾难。"

何夕仓促起身上台，一时间他竟不知该从何说起。他仿佛又听到了莽撞无知的常正信那惊惶的嘶喊，看到了地底深窟中苏珊那难以描述的最后一瞥。

"站在这里我想到了雷恩教授，他原本和在座的各位一样，是一位优秀的科学家。我一直忘不了雷恩临死前说的那些话。他居然能够接受所谓高级生命对自身的替代，虽然他将其称之为升级。我想，地球上那些比我们人类更低级的生物恐怕不会这样做，因为它们所遵循的本能法则严格地禁止了这种做法，而只有人类，这种自诩为万物之灵的物种才具有了这种不同寻常的超越本能的思想。雷恩教授应用他的天才智慧将本应在十亿年后才可能诞生的生命体带到了现在，但他真正明白这意味着什么吗？就像我，虽然我遵照自己的选择，阻止了雷恩，但我想除了上帝之外，其实也没有谁能够判定我做对了没有。是否，我们人类这种智慧生物把生命的进步看得过于透彻了，生命也许并不只是碳和氢，也许不只是碱基对的数字排列组合。"何夕停顿了一下，"生命是有禁区的。"

四下里一片长久的沉默。何夕摁下开关，七个盒子滑进熔炉，幻化成一簇妖异的夺人心魄的火焰。

十亿年后它还会回来。何夕在心里说道。

打印一个新地球 / 吴岩

人事猛于虎

一

寒冷的深夜。你蜷缩在被窝中，不想做任何事情。

除非，紧张而急促的电话铃声把你吵醒。

我不太喜欢在夜间接任何工作上的电话，特别是在北京初暖还寒的春天，雾气那么浓重。PM2.5 会给人带来多大伤害，还未可知。

做医生的妹妹曾经告诉我，她的研究表明，每隔 6 − 7 年，PM2.5 的含量就会达到一个峰值，而此后的 6 − 7 年就是城市中肺癌发病的尖峰时刻。这样的天气，无论是情感还是理智，都不可能使我离开被窝，离开家门。

但是，电话还是顽固地响着。

我瞥了一眼号码，有一种似曾相识又模糊不清的感觉。是接还是不接？我翻看了一下床头那个以塔罗牌为画面的日历。因为，直觉告诉我这个电话将改变我对生活的认识，甚至可能改变我一生的走向。好吧，如果它继续响。

当电话第三次顽强地响起来的时候，我便被卷入了这一场根本不应该卷入的事件当中。

我放下电话，穿好衣服，打开门。北京的深夜正张着神秘的大口想把我彻底吞噬。

二

我在城市边缘的一个远离居民区的上岛咖啡馆见到了他。

打电话的人跟我有一面之交。早在 15 年前，我们就曾在一个有关高校管理的培训班上见过面。我那时候还在管理学院教授教育领导学，而他是一所不太出名的高校的副校长，在我这里培训。我仿佛记得课下他还请我去他的学校，给创意设计学院做过一次报告。那时候的他风流倜傥。

而今天的他却判若两人——他的衣着看起来不那么得体，人也有点儿佝偻。我甚至隐隐地看到他衣服上有呕吐后却没清理干净的痕迹。

15 年的时光，好像磨碎了他的面孔，在原本白皙的皮肤上刻蚀出深深的皱纹。我不知道为什么上岛咖啡馆的人会让他进来。他看起来不应该出现在这种充满布尔乔亚风的地方。

我的一个直觉是，他变得比过去要自信许多，但却因受到严重打击而成了惊弓之鸟。

桌子上摆着一杯味道糟糕的鸡尾酒，酒杯被粗暴地移动过，洒出一大摊酒液。

见我进到他所在的小小隔间，他猛地跃起，飞快地奔到我的身边，贴近我的耳朵，紧张而激动地说："你终于来了，我的时间没有多少了。门外没有警察或警车吧？"

我摇头，表示确实没有。

"没有就好，没有就好。"

他把我拉回到自己的小小桌子旁边，用眼睛直盯着我："你还能认出我对吧？"

我点了点头。"高士兵！"我甚至记得他的名字。

"嘘！"他制止住我大声讲话的意图，"我的时间已经不多了。"

在这样的夜晚，碰到这样的事情，真是极大地勾起了我的好奇心。他的人生到底有多少秘密？他会给我讲些怎样的故事？

三

我要了一杯咖啡，知道这个夜晚将彻夜无眠。他以怀疑的眼光盯住送咖啡的姑娘，而那个姑娘则对我们看都不看。我想这对他起到了一些稳定作用。

"高校长，您这么晚把我叫来……"

"嘘！不要出声。我时间有限。你只是听我说。不到万不得已不要插嘴。我到底会受到怎样的处置，还很难说。你还记得我们15年前的那次见面吗？我邀请您来学校给我们的创意学院教师做报告的那次？"

我点了点头。

"好吧，我当时跟您说谎了。参加听讲座的不是创意设计学院的教师。我们根本没有创意设计专业。

"事情是从 1998 年开始的。那个秋天，教育部颁布了他们的'985 计划'。要在 21 世纪，用 1998 年国内生产总值的 5% 重点资助 10 所高等学校，让这 10 所学校迅速成为世界顶尖大学……"

我点头表示同意："我甚至参与过相关项目的测算和报告的研

讨。虽然我自己很怀疑这种通过资金打造世界一流名校的做法是否能真的奏效，但国家已经下决心要做这个工作，我们只是打打下手。"

"我就知道您是计划的参与者。我记得在那次培训中您谈到过一点点。长话短说，我们请您去为我们的主要领导干部做报告，就是为了全面了解这个计划将给我们这些边缘的、三流以下的学校带来怎样的影响。所以，那天我们的问题都集中在没有资格进入这些国家项目的院校该怎样生存上。

"您的整个谈话让我们的团队非常失望。要知道，我们这种基础非常薄弱的学校，能在这个世界上坚持存活下来，其实是凭借我们对教育的信念。我记得我们曾经再三逼问您最坏的结果会是怎样；您说，大概在 10 年之内，一定会对排列在学校榜单下端的这些院校进行大幅度的整顿和关停。这是管理学的效率原则决定的，您当时振振有词地说。"

我不知道他的这些话是在指责我，还是纯属一种中性的描述。但我似乎感觉到，他要说的事情确实跟我参与过的某个改革项目相关。

"那天听过您讲演的人都忧心忡忡。吴老师，我们不想被关停，我们的教师多数在 40 － 45 岁的年龄，上有老下有小，如果他们此时失业，进入其他更高院校任职的可能性几乎为零。而转移第二职业的难度您是知道的，这等于把我们多数教师推向火坑。

"在您离开我们学校之后的半年里，我们四处奔走，一方面想弄清您说的关停学校的消息是否属实，另一方面也希望如果真发生这样的事情，我们能未雨绸缪地做好保全自己的准备。我们想到的第一个办法就是跟其他学校联合。如果我们能被更好的、不会被取消的院校收编，将免于厄运；实在不行，如果能跟一些较好的同等水平的院校合并，增大规模，亦有挽救的余地。但上述两个方法对我们的校长、书记来说，并非什么好事。合并可能会搞丢他们现有的官职，因此，虽然我们在四处活动，但学校并不真正对这些选择表示支持或满意。再说，没有上级的意图，下级根本无法独自按照设想去进行。退一步说，即便我们找到合作单位，他们可能还会提出重新筛选人员的要求。再有，如果同类的三流院校凑在一起，合并之后就能逃脱被驱逐的命运吗？"

我讲座中普通的一句话，曾经让他们产生了这么大的担忧，真让我感到有点儿吃不消。但这毕竟已经是过去很多年的事情了。从1998年到今天，差不多15年过去了。15年就算犯罪，也该脱离追诉期了吧？我重新集中起注意力听他讲话。

"吴老师您做教育领导学研究，比任何人都了解我们。在中国当个校长，真的就等同于让他坐在火炉子上方1米的地方，很有可能被活活烤死。咱们教育口就算是比较不错的行业了。我们中的许多人都不是为权力来工作的，但我不得不说，在疯抢资源的现实中，失去权力则可能终生掉队。我们的校长对这个未来看得特别清楚，与其等待着被关停、彻底失去自由，不如我们搏一把，找到一个能延缓生命终止的方法，就算损失一些权力，也是值得的。为此，他很快就私下里责成我组织一个精干的小组，研讨全方位应对关停的策略。

"你还从来没听说过一所在体制内的学校，面对上级可能颁布的新的管理举措去建立应对小组的情况吧？其实，这种事情天天在发生。但能把这样的小组相对独立出来，给他们一定的资源和权力，让他们尽可能发挥作用，我们校长真的是高瞻远瞩。我跟您一样对管理学充满探索的兴趣，且跟校长一心一意，因此被定为小组的头头儿。我们从国家的短期和长远发展趋势方面做了三个秘密报告。我们发现，无论是短期还是长期发展，我们这样的学校都会在未来的所谓发展大潮中被剿灭。

"您讲座过后的第三个月，我们的领导班子又开了个碰头会。我们的校长跟书记不合，校长强力支持我寻找自主方案，而书记则建立了另一个团队，希望能走上层关系，为学校的未来（恐怕最终将只有他自己的未来）寻找出路。

"在会上，我把一些国外薄弱院校如何自救的经验做了简单的汇报。我的想法是，这些经验虽然来自他种文化，但对我们的未雨绸缪转型和应对未来情况很有参考价值。说实话，我跟校长都认为，为所有教师保住职位确实是一个新的、可能发展自己的机会。

"讲起这些，说难也难，说简单也简单。想要让自己不被吃掉，一个最重要的方法是要做成世界上唯一的、其他院校不可替代的学院！你所具有的特性或能力，是其他学校所不具备且对社会有益的，这是所有大学或科研院所生存的基本法则。但我们那时候没有这种唯一性，我们在科研上不突出，教出来的学生又跟当前的热点职业毫不沾边。这样的状况不可能保证我们不被撤销。想要自救，只有一个办法，在今后的 10 年中，把自己变成一个独特的、唯一的、对社会有用的学校。幸好您告知我们还有 10 年的时间。"

上岛咖啡馆内温暖的房间，让我忘却了刚刚走夜路的寒冷。而高士兵副校长所讲的这套有关高校拯救的管理学原理，虽然没有什么出处，但也合乎逻辑。我对整个事情充满了兴趣，急不可待地想知道他们怎么开始的 10 年创建独特高校的道路，而这一切又是怎么让他感受到了今天这般如此巨大的威胁。

难道他们的能力建设最终走向了邪路？

他们最终建成了一所对社会有害的学府？

四

高士兵的故事相当冗长。但自救的整个过程充满了戏剧性，确实能够进入教育管理学的经典案例选。

"从自救开始，我就已经认识到，对我们来讲，跟随在那些有名的学校后面，人云亦云地搞专业和人才规划是不行的。我们的资源有限，永远赶不上别人的发展。我们只能寻找自己最优势的部分，让这部分得到最大程度的发展与迅猛膨胀。为此，我们将建校至今所聘用的所有教职工都逐一进行了认真的分析。我们相信，即便在我们这种三流学校，也会有一些在某个领域具有出类拔萃可能性的人，我们要找到他们并给予特别孵化。

"这件事情说来容易，做起来困难。我们是个粉碎'四人帮'之后才建立起的学校，至今只有二三十年历史。我们的主要科系是工程，当时是为了满足北京市不断发展的工业需求，为了培养北京建设急需的工程技术人员。在这样的目标指引下，我们能吸引到的人才是相当有限的。

"三个月下来，我们从压阵的工科六院系勉强发现了4个人。从为此配套的理科和文科的基础教学科系发现的人则只有3个人。

"'7'真是一个奇妙的数字。你记得1956年乔治·米勒那篇有关'7'的文章吗？当时，这篇论文轰动心理学界。米勒的研究认为，'7'是自然界中最神奇的数字。人的感觉系统的信息处理极限就在7±2这个数量上。换言之，我们的大脑无法处理超过九个模块的内容，多余的部分必须被放弃。

"后来人们还发现，群体有效性的极限也跟这个相类似。即如果少于7±2，可能没有足够的搭配性，信息量和相互的思维交叉也不足；如果多于这个数量，则显得人浮于事，或立刻会分裂成一些小的部分。而我们找到的，恰好是7个人。真是上天有眼。

"啊，我们找到了怎样的7个人啊，你简直无法想象。"他双眼眯缝着，长长地出了一口气。好像终于有了一个转机，终于可以休息一下了似的。

"但很快，我就知道这其实只是整个事件的第一步。

"认知天才，跟我们过去想象的完全不同。虽然统计学家早就指出，天才在我们生活中只是非常小的一个群落，但事实上，天才比我们想象的要多许多。有一种社会压抑理论认为，许多天才被社会规范所压制，而解除这些压制的方法就是取消社会规范。我们对这个观点做了一些更改，我们认为，虽然社会规范对人的天性有所压制，但一些蛛丝马迹总能从各种侧面透露出来。

"比如档案中人的简历。吴老师，你读过多少人的简历？简历中充满了学问。我现在只要一看简历，就立刻能把一个人归入三个不同的亚类型中——简历中到处是错别字或语句不通，这种人不用细看，他一定没有最基本的逻辑思维能力和文化水平，不太可能是我们所需要的天才；简历中的一切都中规中矩，到某个年龄上学，到某个年龄结婚，到某个年龄升职，到某个年龄生产，这样的人也没太大希望，他们可能是社会适应者，而不是社会变革者；唯有第三类人，他们的简历中逻辑正常，但却充满了一些矛盾或反常的信息，这样的人尤其值得重视。

"像我们常说的早慧，这是一种在人生的前半个阶段走过了其他人后半个阶段甚至全部阶段的人。他们是我们这个世界中的天才。你可能会提到《伤仲永》的例子。但王安石伤的是仲永后半部分没有发展或回到社会适应者的角色，却并不反对他前半部分人生处于天才的状态。我们在简历分析中发现，数学家陈戈文就属于简历有严重问题的人。他从某大学少年班毕业，后转入数学系学习，但不到两年，他就被除名。这场变故断送了他的未来发展之路，让他匆匆回到老家北京，而他被除名的原因你猜是什么？"

我耸耸肩膀，表示对此根本不知。

"他用数学方法测算六合彩的获奖概率且十测九中！他由于参与不同性质的赌博而被开除。幸好，他的家里人在北京有很多关系，所以才趁着当时不那么规范的用人制度，把他送入了我们学校。他的脾气很大，常常对有些死脑筋的学生出言不逊。我们询问过许多上他课的学生，据说他的到来，会让一些学生唯恐躲避不及。但从我们的角度来看，他是个早期夭折的天才案例。虽然在本科的两年中，他就发表过三篇相当具有启发性的论文，但道德污点让他背上了社会压力。只有少数的、对数学具有特别感受力的学生欣赏这个老师。这说明什么？我想，他数学上确实有天赋。"

"你们不会让他通过赌博去寻找学院的未来吧？"这么半天，我第一次感到忍无可忍。

"您真的是非常敏锐。我们当时应该更多地咨询您才对。让我继续刚才的话题。在发现陈戈文仍然在概率方面有着跟其他人不同的数学感觉的时候，我们就期待为他寻找一个回到科研领域且能继续前进的道路。如果说对六合彩结果的猜想是预测未来的一种，那么未来学领域涉猎如此之广，比如天气预报、空气污染预报，甚至地震预报等，难道就没有他能参与的工作吗？

"我至今仍然记得我跟他讨论未来发展的那次谈话。我是直截了当的。我告诉他，我们整个学校都处于危机之中。而要拯救这种危机，我们必须在学科发展上加强力度，要做到不是简单地雄踞于联合大学的诸多分校前列，而是要能在全国，甚至全世界领先。

"'你疯了！'他回答我。有些学者的政治敏锐性比我们这些搞管理的人强许多倍。他当场就回答说，他不会帮我们任何忙。因为我们都是为了自己，为了保住自己的位置。"

"您猜我当时说了什么？我现在还能清楚记得，我说：我不跟你争这些。我们都是搞业务出身，如果一个领导突然站在我身后说："提你的条件吧，任何条件我都答应你"，那时，我决不会像你这么讲话。

"他停下来看了我很久，然后好像明白了我的意思。

"'好吧，就算太阳从西面出来。我在这里教书已经腻透了。我跟傻瓜泡在一起的时间已经太久了，我确实想做点新的玩意儿出来。'

"'你说吧，你需要什么条件？'

"'我已经不太做概率研究了，我转了方向。当前，我最感兴趣的是用电脑证明数学定理。'

"'那么，你是需要买更好的电脑？'

"'只是需要更好的软件。我们的硬件跟国外的不相上下，但专业软件不行。你知道中科院的吴文俊吗？他这几年做了大量的机器证明定理的工作。我其实比他的方法更好，更重要的是，我发现这个工作能把许多不同的内容联系起来。'

"'买软件大致要多少钱?'

"'我想要100万。'

……

"在2000年前后，100万等于多少，您是知道的。"

高士兵抬起眼睛看着我："我们没有那么多钱给他。但我们必须找到这些钱！"

五

"吴老师，我尊敬您是从事教育领导力研究的学者。但我想您的实际经验很少。抱歉，请您讲座前，我找您要过简历，知道您在心理学系毕业后就在大学教授管理学。现实生活中的管理跟您所教授的那种，可能完全不同。现实永远不会像教科书一样按照规定情节发展，有时候，它会超越教科书所展示的底线。

"让我们回到那个轰轰烈烈的拯救学校的运动，回到我们把全校师生动员起来的日子，我们克服了人员之间的矛盾，共同为生存而搏击，主动出招，在应对难题过程中变得更加具有战斗力。虽然坚持自救的校长和试图寻找上级支持的书记之间仍然存在着矛盾，但大家都知道，只有学校自身不断完善，自救和拯救才能到来。因此，各种矛盾在这样的竞争激烈时刻全面减弱了，书记虽然仍然指点着他自己的团队做着外部努力，但也乐于支持内部改造的诸多活动。

"在接下来的几个月中，领导班子分解成几个不同的小组。我作为负责人事和科研工作的副校长，自然主要领导人事处和科研处。我把两个处室的办公事务相互协调，对选定的七名教师进行了全面的分析，并期待给他们创造最好的条件，让他们的创新力全部发挥出来。

"吴老师，我是个中文系出身的教师。在这样的工科学校中只是讲讲语言和写作的公共课，能当上副校长，纯粹得益于我多年来不断地丰富自己。终身学习是这个时代的人生存下来的必要能力。您写作的有关教育领导的书我全都读过，还有世界各大学的校长年会的一些访谈和发言，我也常常会认真学习。不但如此，由于主管科研和人事，我还会阅读比尔·盖茨、乔布斯等人的传记，了解贝尔实验室、罗马俱乐部等组织的发展历程；对科研工作者的一些专门访谈，我也会抽时间关注。

"我记得杨振宁在美国长岛的时候，曾经作为纽约大学石溪分校教授接受过电视台采访，他当时说他做的每一项创造性工作，其核心时间都不会超过三天！一旦你对某个题目感兴趣，有了思路，在三天中灵感将带着你走到最远的地方。在三天中，他会形成一个问题的答案，并对这种推测性的答案进行计算、验证。科学工作者很相信他们的直觉，而他们的估算能力也很强，三天时间便能知道一个路径是否光明。如果三天做不出成果或被验证为彻底错误，他会转到其他思路。其实，在管理学中也有所谓的"80/20"原则。人们做的最有价值的事情中的80%，是用20%的时间完成的。

"现在，我们有信心在一个较短的时间中为我们选定的创新专家创造出最好的工作条件。我们通过快速访谈、接触，甚至简单的心理测验给他们寻找最合适的助手，让他们的学术活力能恰到好处地传达给同事，甚至学生。通过这样的方法，我们期待着能像滚雪球一样地把团队带大。

"举个例子。在工程制造专业，我们给一位专家选定了量子力学、扫描成像、材料科学等三个不同方向的助手，这使他多年期待完成的一项突破性的立体成型技术很快实现。您知道，所谓立体成型，就是今天所说的3D打印。这个技术到新世纪的第二个10年才逐渐成熟；而我们至少比国际先进水平要领先10年。

"我们的另一个教师，是马哲教研室的。你不能相信吧，这个搞马克思主义哲学的人竟然能成为我们未来竞争力的首选带头人之一。从事天体物理行当的人多数其实是数学家，只有他们会在纸上分析出宇宙的隐秘并去寻找观测数据进行证明。选定他到我们这个大学来教书，原因是多方面的，他是强调素质教育运动的时候被请来教天体物理的，但由于我们这所学校以工科为主，多数学生只选跟未来工作接近的课程，因此他常年工作量不满，只好靠开设自然辩证法必修课为生。

　　"不过，在业余时间里，他仍然醉心白洞和蛀洞物理的研究且在学界小有名气，只是过去囿于我们学校的工科性质，他的成就很少被广泛认知。现在，在彻底放开的、不再管上级怎么要求我们的时候，我们觉得只要能给他条件，说不定真能出现具有世界意义的成果。

　　"以科研带动学校的发展，不是说我们放弃了对学生的培养。教学仍然是高校教师的主业，但我们必须改革课程。除了基础课以外，我们把大量的专业课从大课堂讲授改为研究型的课题小组课堂。学校里 WORKSHOP（工作坊）和 SEMINAR（讨论课）十分流行，学生的成长也出奇的迅速。一些围绕着带头人的本科学生，竟然逐渐进入到他们的团队之中，成了得力助手，甚至学术主力，这在过去简直不可想象。

　　"书记在外面拉关系的团队四处碰壁，为了掩盖自己的窘态，他转而把团队从上级主管单位转向企业，争取'横向联合'和'土地创收'相结合，这倒为我们在同类大学中获取了更多资源。不瞒您说，我们真的搞到了数学家要求的 100 万元。由于只有他才真正懂得购买什么样的软件，所以，我们把用钱的决策权也交给了他。

"但这一切，却为我们酿成了大祸。"

六

"我们真的在短期内给他攒足了所需要的 100 万元。这些钱是我们通过一些项目置换获得的。例如，我们把学校内部相当于一个篮球场大的一片地跟相关企业合作开发，而我们会在改建的楼房中占据三层。整个楼房的产权将在 50 年之后回归学校，无论那时候楼房还在不在。这种土地置换的方法在多数学校都在采用。前提是不会影响到正常的教学秩序和未来发展。我们跟企业的合作实则是办学跟生产科研上的一体化结合——我们的学生到他们那里实习，他们的一些产品开发项目由我们设计。一些大企业真的很有钱，我们从他们的支持中获益匪浅。

"总而言之，我们用土地租让和校企结合的方式获得的部分资金给每一个潜力教师都进行了投入。对天体物理方向，我们给他提供了最好的系统，还改变了相应的办公条件，冠冕堂皇地讲，就算我们投入了基础研究。

"但知道如何办学的人都会说，你们的基础难道要从宇宙大爆炸开始？对立体成型方向，我们考虑应该帮助他做更先进的立体成型机。我们发现国外的研究都集中在如何处理塑料、金属等现有材料，设法将它们固塑成型。但我们的注意力集中在如何通过远程方式进行一种超距离无机打印。换言之，我们想制作出像电影《星舰迷航》中的那种物质传递机。这项工作投入了将近1000万，当然，是在2000年前后的价值币值和通货膨胀率下的投入。最后，根据电脑数学定理的计算，按照跟教师的协商，我们决定真给他100万元用于软件购买。

"但正是这100万元，让我们陷入了绝境。

"我至今仍然记得那个11月的晚上，天跟今天一样寒冷。怎么我们的苦难都发生在这种寒冷的时间里？那晚，我接到会计的一个紧急电话。'高校长吗？您在哪里？您快点来吧！我们账户上的那100万元已经被人在澳门提现了！'

"'澳门？'

"我的脑袋'轰'了一下子。

"对于多数中国人来讲，澳门相当于美国的拉斯维加斯、大西洋城、雷诺，是欧洲的摩纳哥，谁都知道那里是博彩业的中心。我们的钱在澳门被提现，说明我们的人正在澳门。而几天之前，陈戈文确实办好了特区证和港澳台通行证，要到香港去购买他所需要的软件。

"一切的一切，都在那一刻发生了。

"我们的推论顺理成章。我们派了一个曾经因为赌博而被开除学籍的人。他大肆在赌场上应用概率统计原理。但是，谁都知道，再好的赌徒也会失手，一朝陷入其中，早晚会得到应有的报应。

"为了拯救仍然在生死线上苦苦挣扎着的500多名教师和学校的未来，我们孤注一掷地寻找着天才，我们的目标只是期待自己的学校能够建设成为一个没人能取代的特别的教育学府。到今天为止，我们的路子都是对的。我们至少让整个学校像一个新的有机体一样运转了起来。而且，多数教师都转而对我们的努力抱以期待。我们的书记甚至在设想当前的状况可能是他未来升迁的敲门砖等。

"但是，来自澳门的消息给了我当头一棒。

"在那个寒冷的晚上，我只有一个念头，要立刻赶到澳门，要在他还没来得及出手下注之前阻止他，取回我们错误的投注，取回原本可能助我们通向未来的资产。"

七

"温暖的南国。天空中下着细雨。

"空气中有某种甜腻的滋味。

"澳门是个纸醉金迷的地方吗？

"至少对许多中国人来讲，这里充满了神秘。谎言和想象力包围着这座城市，也挑逗着人们的探索欲望。

"这时候我们才发现，陈戈文自打到达特区后就没再打开过手提电话。我们不知道他是哪一天从香港离开去往澳门的，也不知道他在这里待了几天。

"但我们相信，只要一个赌场一个赌场地寻找，我们一定会找到他。

"好在澳门的赌场本来就不多，如果是在拉斯维加斯，那我们的希望真是彻底渺茫了。我和亲自出马的人事处处长与财经处主任三个人决定从大到小地逐个搜索。

"于是，威尼斯人成了我们第一个全面搜索的目标。傍晚，度过了白天冷落期的巨型赌场中的投机气候正在升温。我们进入了金碧辉煌的大厅，开始四处逡巡。

"我一直在想，100万元，对学校发展来讲不算多，但对一个赌徒来讲，到底算多算少呢？这100万元能让他进入大户室吗？我知道每天来自东南亚甚至其他大洲的赌徒的单笔投注都远远超过这个数字。但手拿100万元的人会去一下下地拉动老虎机吗？这么做是否太过缓慢？如果上述两个可能都不会出现，那么他一定是选择中等赌注的赌法，而且，一定要特别能够符合概率原理。

"之所以仍然抱着微弱的信心，相信自己能够找到这个卷款潜逃者，是因为我相信作为数学家的陈戈文在赌博中一定不是把利益获取当成最重要的目标。

"少年班多年来培养出的那种争强好胜、想证明自己存在的冲动才是他的主导意识。由于多年来，他一直被驱逐于数学科研之外，他的生活中也没有任何可以炫耀的地方，那赌场上的某种胜利，就将成为他存在的自我证明。

"出于这样的考虑，我们尽量在公平性和概率论原理作用较强的赌台周围转悠；而那些纯粹没有理性的游戏，我们则一带而过。

"在赌场中不能打手机。这让我们先分散后集合，发现之后进行集结的想法落空。可能是为了防止作弊，无线发射类的通信系统在这里都显得不好使用。但三个人绑定一起去找人又显得效率太低，我们深知每耽误一分钟，我们的 100 万都有损失殆尽的危险。如果他已经把所有这些出手，我们的资产已经放空，自然没什么可说，但如果恰恰是我们到来之后没有赶上他的决策，或者眼看着他在我们身边把这些钱彻底挥霍，那真是我们的悲剧。

"吴老师，您别笑话我。我是搞中文专业的，对数学这些一窍不通。但我看过一些有关赌博的电影。那些电影自然都很夸张，不过，我能记得其中一些细节。我记得有一部电影中描写了一群数学家去赌博，他们除了赌马，还去玩 21 点。所以，我感觉牌戏应该是一个值得调查的重点。为此，我们分散各个赌场，去寻找加勒比扑克或 21 点聚集的台子，然后每 30 分钟大家都回到同一个中心地带交换情报。幸好澳门不大，赌场也相对集中。

"但我们跑遍了所有赌场，还是没有看到他的踪影。晚上 9 点，赌场中的灯火变得更加辉煌。穿过如潮的人流，我们再度聚集在最大的威尼斯人赌场，个个垂头丧气。

"陈戈文到底在哪里呢？

"一种可能，是我们没有认真地看每一个角落。毕竟在这种金钱、戏剧性的电脑游戏、高声的音乐相混合的地方，想要集中注意力寻找一个人不是特别容易。再有一种可能是，我们的路径还是不对。

"经过一天多的紧张、愤怒之后，我们的心情都开始有所冷静。我们再度聚焦到陈戈文的个性和他所从事的数学研究上。也许，我们都错了。不应该放弃那些简单的老虎机和押大押小的游戏，因为那些游戏才是概率真正起着重大作用的地方，反而这些扑克牌中充满了数学所无法预测的人的狡诈，他不太可能这么傻地去面对自己的弱点。

"想到这些，我们再度重新开始全盘搜索，不放过每一个概率可能被应用的赌台的死角。

"我们一直在考虑陈戈文可能穿怎样的服装。他会西装革履、手提皮箱吗？这种装束是否显得太滑稽？除非他也跟我一样，看多了香港电影或美国电影。那么，他会穿得跟在学校中一样邋遢且破旧吗？那种不修边幅的状态会让他感到更加自由吗？但真的这样的话，赌场的保安会立刻让他出去。

"您有这种感觉吗，吴老师？在一些非常紧张焦虑的场合，你会突然想到非常幽远漫长的东西，那些东西虽然跟当前的境况格格不入，但却出奇地攫住你的思想，久久不愿离去。

"在那个紧张寻人的澳门之夜，我突然在想中国人所说的'知人知面不知心'这句话。

"我们以为我们了解陈戈文。我们读了他的简历，跟他有不少次交锋，我们以为在这种矛盾斗争中已经掌握了他的个性，但我们其实对他知之甚少。我们甚至不知道他在放弃概率研究转向机器证明数学定理之后，仍然在摸索预测赌博输赢的秘密，而且一旦有机会，他还会现场尝试。

"100 万元，那是一个可以判无期徒刑甚至可能获得死刑的犯罪，他难道没有生活的底线吗？

"难道数学家跟我们的道德观念不同？就算他没有自己的底线，难道他不关心我们这些给他创造条件发展学术、发展未来的人吗？一旦他发生问题，我们这些人，甚至整个学校都会遭到灭顶的灾难，难道他自己不清楚吗？

"我记得我们学校讲授科学哲学的人常常谈论科学家的道德问题，什么学术上的弄虚作假、什么违反伦理地使用动物做实验，这些都太遥远了。我们连自己身边的人都弄不清，连他的基本生活选择都还无法弄清呢！

"就在我的思绪信马由缰、胡乱想象的时候，我们的人事处处长发现了情况：'高校长，您快看那儿！那不是陈戈文吗？'

"人的一生能有多少次用光彩照人的样子出现在大家的面前呢？你觉得万事如意、容光焕发，你觉得整个世界都在你的脚下，山峦海洋都在向你臣服？歌曲中唱过的亚洲雄风、世界之巅等所有的说法，都无法跟我们看到的这场华丽的演出相提并论。

"一袭藏蓝的中式暗花上装，镶嵌暗金裤线的阴丹士林裤子，脚蹬一双墨菲斯特休闲皮鞋，头发被刻意地整理过，一改总是蓬头垢面的模样，陈戈文展现出中年人所特有的那种干练，同时又散发着某种神秘莫测的风采。

"他跟着一群同样气宇轩昂、肤色不一且操着各种语言的古怪同伴，目中无人地从我们身边走过，朝赌场深处的一个光明的桌子走去，一场看起来波澜壮阔的世纪赌战将要正式开始。

我们三个人不顾自己的身份和年龄，竟然像听到了发令枪一样飞奔了过去，在第一时间和众人恐惧诧异的眼光中从各个方位把他紧紧地按在桌子上不能动弹。

"'快说，钱呢？'三个愤怒的人竟然说出了一模一样的话。

"'什么钱？'他扭动着不舒服的身体，使劲挣脱着。

"'我们的 100 万元呢？'

"'谁拿了你们的 100 万元？'

"'难道都让你赌光啦？你把钱拿到哪里去了？'

"'放开我，你们疯了吗？没看到这是第三届澳门博彩数学讨论会的会场吗？'

"我们放开他，再度环顾他身边的这些人。

"'傻啊，你们！精神病啊，你们？疯了，你们？'他不停地臭骂我们，把我们搞得很不自然。

"'没听说过博彩业大亨亲自创办的概率论数学大会吗？只有全球最顶尖的概率学者才有机会参加吗？'

　　"'你之前申请出差可没说要来开什么概率论的研讨会，你不是到香港买软件吗？'我们的人事处处长争辩着。

　　"'对啊，所有这些参加会议的人都会到香港的公司去寻找最新的软件更新，我就是在那里跟他们熟悉后才决定来这里的啊！'"

八

　　"澳门事件完全是一场虚惊。我们对人的判断没有发生任何失误。但我们对人的承诺、信任和信心不足，确是导致我们一时恐慌的根本原因。这件事情之后，整个领导班子都在反思，我们到底应该怎样更好地信任我们的教师，让他们能发挥出更大的才能，以更大的力度和速度拯救我们的学校。基于这些讨论，我们继续扩展当时的精英团队，让更多具有闯劲的年轻人走到前台，扔掉枷锁，开始他们自己的创新生涯。我们的另一个思考是，在一个'大科学'的时代，不能让所有的项目都停留在单人、小团队的作坊式运作方式上，我们要搞一些大的学科融合和知识人才集成。

　　"为了落实扩展精英团队的任务，学校开始了一系列的创新奖励和创新文化建设宣传。我们把各个兄弟院校和中国科学院的学者邀请来作报告，希望他们能引领我们。这不是胳膊肘向外拐，而是一种坦荡的智力吸纳。我们想让教师靠近真正的大师，感受真正的创造能量的冲击。

"不过恕我直言，这项行动并没有起到真正的作用。或者，作用有限。其实，鉴别出真正有创造力的人并不难。这不是看他们发表了多少文章。我看过张五常写的一篇谈他在美国不同大学中寻找职位的短文，他说那些院系的选人、用人标准根本不看有多少文章，就是找你来谈，半个小时、一个小时、两个小时，看你思想中有多少灿烂的火花和对这个领域积累的认知判断力。

"有这些基础的人，就算没有什么重要论文著作，他们也会签约让你来教书……其实，许多著名的公司在选人、用人上也跟张五常说的非常类似。当苹果公司还不像今天这么大的时候，他们的选人面试常常让所有职工全部参加，这些人各自躺在地板上或歪在椅子上，不等你开口，他们会先说公司想开发点什么，讲他们的技术创新，等应聘者听得热血沸腾，急切地加入谈话，这便形成了真正的交流。他们觉得这种方法才是找到志同道合且有创意者的最好方法。

"长话短说，当我们发现学者普遍创造力不足的时候，就决定在选人讲座方面更加留意。我们要找到真正的创意人才，让他们真正占据我们的讲坛。最后，我们在全北京的各个科研机构或大学中找到的人，加起来不到 20 个。我们把他们一个个地请来，每次讲学都是全校性的，不管他们谈的东西其他领域的人是否熟悉，我们都会让大家都来听，来感受。

"您猜怎么着？听他们讲话最受益的，竟然是非他们本行的教师和科研人员。在这之后，学校明显地发觉，这几年最大的科研成就确实是被上面所谈及的不到 20 人所激发的，但他们激发出的，是跨学科的创造力。一个典型的例子是中科院系统科学所请来谈数学跟诗歌关系的报告，这个报告的结果是打开了地理、气候、环境科学群体教师们的思路，破除了他们的思维定式。另一个例子是科学史所谈中国古代四大发明的讲座。这本来是个厚重的话题，但主讲人从科学考证入手，进行了去政治化的讨论，而当考证四大发明不是为了证明民族优越性，只为现实考古学在当今世界可以做到怎样的去伪存真后，我们的通识教育学部的文学院和外语学院教师获得了很多启发，一些人放弃了纯正的批评理论，转而朝向'新进步主义'。

"吴老师，您大概特别清楚，创造力的发生、发展最忌讳两个东西。

"第一是功利性。把任何事情带上功利，创造力本身就会受到限制。虽然有人提出，谋求个人利益是创造、发展的动力之一，但这仅仅是在一定条件下才成立的。在多数情况下，创造力发展到一定程度必然会跟功利主义分道扬镳，为此更看重给探索者自由的空间，寻求自由才是创造力发展的永恒动力。在这方面，我们要做出制度保证。具体来讲，若是探索中出了什么问题，我们领导会出面顶着，绝不让教师受到伤害。我们跟所有教师签订合约，当他们从事自己领域内外的科研时，我们决不参与意见，成功后决不在上面签名，不从中夺取哪怕半点儿名利，但如果失败，我们将挺身而出，作为整个活动的主要参与者承担下全部责任。

"创造力忌讳的第二个东西是批评和指责。人都希望别人对自己的工作提出建议，但这些建议不应涉及他人做事的目的和意义，更不应对他人的思维方式评头论足。意见都应该是建设性的，用以协助改进的。你用了一种新的方法炒出一盘不太好吃的鸡蛋，你会乐意听这样的评论：盐还可少放一点儿，火还可热一点儿。但你不乐意听：你这个人根本不会炒菜！或者：还是好好先学习炒大白菜再来炒鸡蛋吧！这样的话语最伤害人的创新能力。我们正是看到了这一点，才在全校的课堂和科研活动中反复跟教师们强调，要直接针对问题提出建议，与其指责他人的个性或知识缺陷，不如展示出自己对探索的支持和期待对方能创造更好未来的渴望。

"在上述一系列措施的引导下，学校的科研和教学成果都取得了长足的发展。我们的优质论文数量正在增加。这里所说的优质论文，是真正具有启发意义和创造力的论文。像文学院的《楚辞》研究，他们跳出文本和作家，从楚文化中蕴含着的创造资源出发，将文学纳入一个异常广泛的新的符号空间。我敢说，我们对屈原认识的改变，可能是当前最具创造性的文化颠覆。在工业设计方面，我们也取得了积极进展。跟 20 世纪上半叶德国包豪斯学院所做的一样，我们在信息时代重新定义了工业设计到底是什么，这种定义让工业设计的整体思路转向一种'量子层级式创意毛边云切换机制'，意思是说，要改变认为创意无底线的想法，即要为不同创意加上能量表征，这样一来，通过能量差异或将'毛边能量'做云切换后，新创意跟老创意的差距便可最大化。有关这个方法的具体内容，我只能谈这么多。毕竟我不是这个行业的工作者。

"在各个应用工科院系发展的同时，我们的基础科学和通识教育也得到了大幅度提升。观察我们的课堂就能看出，学生的穿着更加自由丰富且随意得体，既跟那种管理过严的学校学生穿着不同，也跟一些缺乏美育、穿着过分夸张的学校学生不同。换言之，在走向创造的过程中，学生的审美观发生了转变，他们更贴近自己的存在，更能自然放松。

"学习成就评价方式的改变，让我们的学生都成了自信的人。他们相信未来社会虽然存在着强烈的政治、经济、文化、科技变动，但他们有能力应对。有点儿怪的一个情况是，我们发现自己学校中自然发展起来的相互恋爱比过去多了不少。我们正在想，这是否由于孩子们能更坦率地面对自己和面对异性造成的？"

九

我差不多被他的讲述弄傻了。教育教学和科研方面的改革，使人的状态发生了如此大的变化，这是我从事这么多年学校领导力研究从未听到过的故事。我真想立刻向他询问更多的细节。但他的故事还在沿着自己的思路发展着，我只好继续倾听。

十

"在上述教育教学与科研取得成果的同时，我们也看到自己的不足。在过去的几年里，我们做了太多的个体创造力活动。这些在多重压力的社会中显得弥足珍贵。但是，面对未来的大科技时代，我们的合作意识似乎根本没有。除了各自的小团队，我们简直就是一个个各自为战，就像孔子、孟子、庄子、荀子各带着一群学生，自己讲自己学，不跟其他群体发生联系。如果说我们回归了教育的本来理想，那我们回归的只是春秋战国时期的教育，是古希腊的学园，我们还没有进入第二次世界大战之后的世界。如果我们想让我们的这个小小的世外桃源能继续前进且经久不衰，就必须迅速地让我们的学校类型从古典升级到当前。

　　"今天我特别来找您，主要还是基于您给我的教育领导学的教诲。一日为师，终身为父。吴老师，我认真读过您的《教育管理学基础》。我知道那本书曾经被评为看不懂在说什么的"最差著作"，但我却能明白其中的奥妙。您从一开始谈到后现代管理与科学的性质时，我就摸到了门道。我记得您特别在两章讲福柯的观点。福柯真是这个时代最伟大的管理学家。我不把他当作哲学家。他的《规训与惩罚》《性史》《疯癫史》我都读过，喜欢得不得了。您提到他，我觉得最深层的含义是想焊接当前知识分子关系中被折断的链条。可惜的是，福柯现在不在中国，来过也是在 20 世纪50 年代。如果他现在到这里看看，便会感叹我们的知识分子关系在全世界范围内有多差了：由个体或文化习俗差异引发的普遍忌妒，由生活或教育条件差异造成的歧视，等等。我知道您的学校也发生过许多事情。我研究过几乎北京市所有学校的人际关系状况，不瞒您说，我发现你们学校中最有特色的是城乡矛盾，这些年来，外省乡村籍教师几乎排斥了所有本地城市教师，这虽然不能说是劣币驱除良币，但确实是一种古怪的排斥与歧视现象。我猜想，外省乡村教师不喜欢本地教师，是因为本地人太过孤傲。于是，他们宁可执行过往的政策，即让整个学校的血统越来越纯正地成为一所乡土高校。吴老师，这些正常吗？知识创新需要五湖四海，需要城乡接合。知识分子关系中的另一个问题，是学术打压。这种打压可以发生于学派纷争，也可能由前面两个差异延申造成。当前高校中一个教师的学生抱团打压另一个教师及其学生的现象屡见不鲜，群体间势力此消彼长。年复一年，人们眼巴巴地期盼着新一届学校领导赏识自己的派系。如此多的矛盾和问题，根本不是福柯所能处理的。而对我们这些急着把所有智慧团结起来的人来讲，必须寻找一种办法，让我们能立刻穿越，变身为福柯，也变身为爱德华·赛义德！

"吴老师，我记得您曾经在课堂上讲过，压力才能建立团结。我们的整个尝试，其实就是建立在外部压力基础上的，只要能保全这样的压力，我们的人际关系就不会出现巨大的崩溃。在人类的历史上，这样的事情不胜枚举。比如，渣滓洞里的革命者具有如此力量强大的团队能量，跟他们的共同信仰有关，也跟他们所受到的非人隔绝和恶劣待遇等压力有关。再比如，南非非洲人国民大会，在曼德拉的领导下，他们在几十年中努力消除种族隔离，一直坚持到胜利。

"我们庆幸高校改革给我们的压力，我们把握好了在压力下完成组织变革的时机和步骤。而一旦处于压力下，组织中的大多数人开始以创造而不是谋生为工作目标的时候，和谐合作就已经成了他们的生存需要。这种出自个体的需求，强烈且无法彻底被满足，人们不再为相互关系费时费力，直言不讳的交流方式使许多可能造成误解的机会都消失了。于是，理想的道路在我们的脚下延伸。

"我记得您在书中曾经谈过，一旦人际关系问题得到彻底解决，领导者会把注意力全部集中到当前问题的技术方面。我们确实是这样。困扰其他学校的那些内耗不存在了，我们便能集中力量把教师吸引到一些当前最重要的大学科方向上。例如，我们的第一步是针对学校中缺少生物医学这个当前最重要的专业领域向大家提出问题——我们能否通过自己的努力，建设一种新的跟生物和人体有关的专业？恕我直言，我知道你们学校的医学专业是怎么来的。你们跟校园旁边的一个医院达成了合作协议，把对方的主任医师都纳入你们的教师体系，把他们的医疗设备都当成你们医学院的设备，给他们每年招生。这个做法当然方便，但我也要说，你们没有进行什么真正的跨学科创建。这些医院的大夫不太可能跟你们校园中的教师交流看法。而我们的做法不同，我们在没有这个专业方向的前提下，发动所有不同专业的专家去思考怎么把这个专业建设起来。随后我们发现，机械制造专业可以从残疾人的义肢方向切入人体生物学；化学工程专业可以从事生物化学类药物的设计与研制；人文基础部，这种通识教育学部可以进行医学和生物伦理研究。即便有了这些生长点，我们也不希望将这个领域固定下来，我们要保持开放的边界，让其他专业的学者敢于进入和易于进入。随后，我们的 3D 打印技术开始在打印人体器官方面取得丰硕成果，再度领先于行业。

"吴老师，大学科指的是需要集结很多不同方向的人、投入大量资源进行协作研究的领域。但我们发现，大学科可以做成字面意思的那种大，真的让这个学科达到一种超越极限的宏观尺度。我曾经跟您说，我们的马哲教师在白洞和蛀洞物理研究方面较为深入，我们还有世界上最好的数学定理证明机器，一旦有人提议将这两者跟机械制造和化学工程等结合，阻碍融通学科的玻璃纸就被彻底捅破。我们就此最终解决了 3D 无源打印的问题。这是一种超大规模的未来技术。它的基础集纳了资源对等性原料存储位置探测的数学结构、蛀洞物质运输的物理机制、无源状态下的电场调节、成型过程中的抗干扰多元信息传递，加上对 3D 打印已经建立的诸多专利成果，我们完全可以在世界任何地方把一个物体凭空创造出来。当我们在演播室镜头前第一次无中生有地打印出一小枚闪闪发亮的钻石的时候，我们抱头痛哭。因为整个演播室除了摄像机和灯光系统，根本没有任何用于打印的设备，在空寂的世界上看到一个东西隐隐成型，您在场的话也会跟我一样激动。

"我们不但解决了自己学校生存的知识基础，我们现在还有充足的知识生产能力和教学能力把这个学校搞下去，我们还具有了自我创造财富的能力。就算今天国家停办了我们的学校，我们照样能通过民办学校注册的方式将这个学校继续办下去。但是，我发现充满创造力的教师和学生现在都跟国家、民族和世界的命运相互关联着，让他们为自己争取点儿什么，他们都不干，只是一心一意地设想着让世界更加美好。

"还拿我们的 3D 打印技术说事。我们让它彻底脱离了机器，也远离原材料，这种'无源化'设计导致我们可以在任何范畴做任何水平的设计。您常常听说政府要整治北京的 PM2.5 污染吧？针对这种顽疾，政府几乎到了进退两难的地步。你能禁止车辆启动？车辆一启动就会排放尾气。我们计算过，如果能尽快把全部汽车改为电动的，情况将有所缓解。但当前电动汽车设计不过关，充电设备也不足，且价格昂贵。所谓的分区限行也只是权宜之计。我看就连迁都都不一定能解决北京的问题。而且迁都的成本太高，这个首都已经形成了中国的政治、文化和商业中心，外国人甚至用北京形容中国，它就是中国的代名词。韩国首都汉城更名首尔，所有政府用纸的抬头更改，就是巨大的开销。当然，这不是钱的问题，迁都的最大问题还是过程控制和人的适应。你要选址、设计、建设、搬迁，种种行动真正完成难道不需要十年、二十年或更长？在持续的变动中，哪个环节卡住都可能发生危机。对一个国家而言，PM2.5的问题已经成了我们的生存悖论。对此，我们的教师提供了简明扼要的解决办法：何不打印一个新的北京？让我们寻找一块新的土地去规划我们的新城。您觉得这个方案疯狂吗？一个全新的北京，可以比现在小许多，但功能齐全且舒适并跟大自然全面融合，机关、学校、住宅的远近恰到好处。然后，还要把北京的一批人搬过去。他们什么都不用带。就自己过去，那里一切都有。我们觉得这个计划非常合理，只是选址问题一直困扰我们，所以我们才没有真正提出来。在当前中国的各个省市，我们没有找到能跟北京现在的战略和地缘相媲美的位置。我们的空间太狭窄了，而正是这个狭窄的空间让我们想到第二个方案。

　　"这个方案说出来让您更加吃惊：我们想打印一个全新的地球！为什么不呢？我们有宇宙中使用不完的物质，这些物质可以通过神秘的蛀洞被转移过来；我们有良好的无源打印技术，我们计算过，按照现在的机器运行速度，整个地球的打印过程只要50年！我们的一些师生甚至计算过这个新地球的位置，它必须不改变整个太阳系的动力结构，不能破坏当前的平衡性。有的学生说应该放在拉格朗日点上。抱歉，我不是学力学的，我只是听他们在说那个位置具有某种漂浮性，我想这一定是比喻。但这个位置后来被否定了，原因是什么我也不知道。我只知道当前最被看好的一个方案就是让新地球跟原有地球形成一个环绕系统，而两者之间的轨道轴心就是现在地球的质心。

"您能想象吗？用我们的技术，50年之后我们就能搬迁到身边一个新的地球表面去居住。无论从哪个方向看对方，您都能看到一个云蒸霞蔚的镜像地球。等所有人都搬过去了，我们原有的地球可以得到生态恢复。这个双行星系统将成为人类休养生息的重要备份。

"吴老师，您不觉得我们不但拯救了一所学校，还培养了能改变历史、创造未来的新人吗？"

十一

可能是我喝了酒的缘故。我感觉自己已经飘浮在一种氤氲的温柔幻想之中。在这个寒冷的早春夜晚，我听到了一个如此无法相信的故事。

高校长所讲的一切，对我来讲都像是乌托邦。这个乌托邦起源于人的群体拯救；之后，是创造力的全面宣泄，人活得更加自然；再后来，通过技术改变，人们彻底找到了挽救自身的途径。他所描述的那个未来，让我无法停止憧憬。

但是，故事总是有结束的时候的。现在，我将回到现实。因为高校长正在告诉我有关这个乌托邦的结局。

"吴老师，我是您的学生，但不是一个好学生。您一定为我们学校刚才所做的这一切管理学尝试感到骄傲，认为我们达到了自马基雅维利以来人类控制自身导向成功的高峰，亦是自马斯洛自我实现理论创建以来人本主义所达到的高峰。我们确实把个体、群体所能碰到的大问题都解决了，而且解决得相当出色。但是，我忘记了您也讲过，学校不是设置在世外桃源的。我们仍然在中国现实的大体系中。这话怎么被我忘得一干二净了呢？我们太沉浸在自己的小天地的优化中了，忽视大环境的恶劣后果终于显现了出来。简而言之，我们的成功引发了兄弟院校的强烈不安，出于同样希望保全他们自己职工饭碗的初衷，这些学校向我们发起了一轮轮明里暗里的猛攻。"

"他们还能做什么？你们在科研和教学领域中做出了如此巨大的变革和成就，他们还能怎么说？"

"对这些他们无话可说。但他们能找到我们工作中的许多问题和麻烦。谁不存在问题？只要你做工作就必然在破坏过去和建立未来之间不断推进，而每当你为了发展而进入无人地带的时候，你已经打破了旧的制度的边界。但那些落于你之后的人却可以就此指责你、调查你、控告你，甚至起诉你。

"吴老师，您还记得我给您讲的陈戈文到澳门买软件但出现在赌场的事情吗？他在那个事情中没有犯错误，但确实没有认真执行严格的财务规章制度。而我是这个问题的主管者，那笔钱是我和主管财经的副校长一起签字的。

"除此之外，我还动用过其他不在开发领域的资金协助过一些项目的开发。所有这些都已经构成了重大问题。跟我同样犯有重大问题的人还包括我们的校长、书记、办公室主任等，他们的罪名分别是在用人制度上、资产管理制度上破坏政府规定等，都有可能在调查后被起诉。我今天已经接到了通知，必须在 24 小时内到规定地点报到，交代问题。

"吴老师，我一直在想，一旦我们学校被撤销，必定有一些人会编造谎言把这个学校所做的一切都涂抹上黑色。对我个人而言，这些都无所谓，但我们在教育管理领域所做出的这些尝试，将被彻底抹杀。这一点是我最不能忍受的。我们都是普通的高校管理者，是大时代中的小人物。但整个时代却是由我们这样的小人物撑起的。为了不让我们的经验彻底消失，我觉得一定要冒险把这些都告诉您。是非曲直由您来评判。

"现在，这个 24 小时差不多已经所剩无几。我庆幸在这最后的晚上，找到了一个人，可以认真谈谈发生在我们学校的故事。现在，我该说的都说完了。"

他喝下最后一口啤酒，扣好衣扣，想马上冲出饭店，而我则被他的最后陈词震慑得目瞪口呆。

"等一等，高校长。也许一切不会像你想的那么糟。"

虽然讲这话的时候我几乎没有底气。我知道我们习惯了的办事方式，我也对他的未来抱有深深的忧虑。我怎样才能让他得到哪怕些许的安慰呢？我怎样才能对他们的自由进行拯救呢？

他像看出了我的意思，只是朝我摇头。

"谢谢您在这么寒冷的夜晚出来跟我聊天，我其实没想让您出面做什么，只是觉得您的课程让我受益匪浅，我所做的这些，就算您未来教学中的一个小小案例吧。"

"如果算案例，高校长，那我这么评价：你不是一般的案例，是教育领导学中最辉煌的一个案例。它必定成为未来许多年都会被反复引用和讨论的最佳范例。"

黎明的北京，压抑着城市的雾霾仍然没有消散。但我记得天气预报中说，24 小时之内将有大风。

　　我期待着这场大风吹散一切。我更期待在澄明的天空中仰望天际，能看到一颗全新的小星点。直觉告诉我，高校长所说的打印地球的计划已经启动。

　　50 年之后，我们都将离开这里。

　　我们将站在一个新的星球上回望！